もう二度と君を手放さない

～ハイスペ海運王の次男は元義妹に一途な愛を刻む～

m a r m a l a d e b u n k o

若菜モモ

JN178943

marmalade bunko

マーマレード文庫

目次

もう二度と君を手放さない
～ハイスペ海運王の次男は元義妹に一途な愛を刻む～

もう二度と君を手放さない

～ハイスペ海運王の次男は元義妹に一途な愛を刻む～

プロローグ

暖かい日差しが降り注ぐ五月中旬。

俺たち三兄弟は祖父から招集され、約半年ぶりに顔を合わせた。

「ハル、忙しかったんじゃないのか？」

兄の天王寺綾斗《てんのうじあやと》が、応接間に現れた弟の遥斗《はると》に笑顔で声をかける。兄貴は三兄弟の長男で三十三歳。肩をすくめながらソファに座った遥斗は三男で三十一歳だ。

「綾斗兄さん、お祖父《じい》様の命令は絶対だから、ニューヨークにいようがどこにいようが、呼ばれたら来るしかないだろ」

その言葉にコーヒーをひと口飲んでから俺は同意して頷《うなず》く。

俺は天王寺北斗《ほくと》、三兄弟の次男で五月に三十二歳になった。

「ハルの言うとおりだな。寝る間もないほど忙しいが、お祖父様の呼び出しとあれば、どんな急用があっても飛んでくるさ」

俺たちは天王寺家に生まれた三兄弟だが、弟の遥斗はニューヨーク在住の父の妹夫婦に養子に出され、今はアメリカを拠点に国際弁護士として活躍している。

「しかし、お祖父様の今回の突然の招集、一体なんだろうな。父さんも知らないようだったが」

祖父から招集のメッセージが送られてきたのは二週間前。

一番祖父の身近にいる兄貴でさえ、なぜ俺たちが集められたのかはわからない様子。

俺たちはひとり掛けのソファにそれぞれ座り、三兄弟を呼んだ祖父を待った。

港区《みなと》の静かな一角。まるで公園と見まがうほどの広大で緑豊かな庭園には、色とりどりの花々が咲き誇り、古木が深い影を落としている。中央には美しい池があり、金色の鯉《こい》や錦鯉が悠々と泳いでいる。

庭園の中をさらに進むと、威風堂々たる豪邸が現れる。この豪邸は旧華族の一族に属する先祖が築いたもので、かつての栄華を物語る豪華さだ。

和洋折衷のモダンな建築で、増改築を重ねて現代の快適さを兼ね備えた邸宅は、白亜の壁と広々としたバルコニー、日差しがたっぷりと差し込む大きな窓が特徴だ。

玄関を入ると、高い天井と広々としたホール。大理石の床と豪華なシャンデリアが輝き、まるで映画のワンシーンのような贅沢《ぜいたく》な雰囲気《ふんいき》で、訪れる者は目を奪われる。リビングルームは広々としており、アンティークの家具が並び、冬になると暖炉の火が灯される。

この家の主人である祖父・天王寺太蔵《たいぞう》は、御年八十八。第一線を退《ひ》いてから庭園の手入れを趣味としており、花々や木々の成長を楽しみながら過ごすのが日課だ。三歳年下の祖母の千代《ちよ》とは仲睦《なかむつ》まじく、俺たち孫三人の前でも「うらやましいだろう」とばかりに、愛情たっぷりのふたりの親密な姿を幼少期から見せつけられていたが、祖母は十年前に病気で亡くなっている。

祖父母の子供は兄妹のふたり。

息子である俺たちの父親・哲夫《てつお》は、幼馴染《おさななじ》みの裕福な一家の次女・政美《まさみ》と結婚し、三人の男児に恵まれた。母は俺たちが中学生の頃、心臓病を患い他界している。

一方、娘の芽衣子《めいこ》はバイオリニストを目指していた留学先のアメリカで、弁護士一家の御曹司・チェイス・クレイトンと知り合い結婚。残念ながら、ふたりには子供ができず、甥《おい》である俺たち三兄弟から、三男のハルが小学生の頃に養子に出された。

一族の先祖は明治《めいじ》維新後に財閥を興し、その後の日本経済の成長と共に発展。今では天王寺ホールディングスとして、あらゆる分野でトップを独占する巨大な企業に育っている。努力家の祖父は隠居した現在も経済界でも尊敬される人物だ。そんな祖父の孫である俺たちは、幼い頃から帝王学を学び海外の大学へ留学。養子に出された三男も、養父母のもとでエリート教育を施された。

俺たち三兄弟の絆《きずな》は固く結ばれ、三男が日本から離れても年に数回会うほど仲がよかった。

ノックの音に続いてドアが開き、執事に付き添われた祖父が杖《つえ》をつきながら応接間に入って来た。祖父の登場に室内の空気がピリッと変わる。

祖父は百六十五センチほどの小柄な体躯《たいく》だというのに、圧倒的な存在感を放っている。ソファに座っていた俺たちが立とうとすると、祖父は「そのままでいい」と口にして、ゆっくりと歩いてくる。深い皺《しわ》に包まれた顔は優しさと知恵が滲《にじ》み出ているが、冷酷な一面があることも、当然俺たちは知っていた。

「久しぶりだな。皆、集まってくれてありがとう。三人とも元気で暮らしているようでなによりだ」

そう言いながら、執事の介添えでひとり掛けのソファに腰を下ろす。

祖父の孫は俺たち三人しかいない。祖父の目には、愛情と決意が交差している気がする。

「お祖父様、私たちに話というのは？」

兄貴が切り出す。

「まあそう急ぐでない。酒を出したいところだが、それぞれ車で来たのだろう。高橋《たかはし》、飲み物を」

高橋と呼ばれた五十代の執事は丁寧に頭を下げ、部屋を出て行く。

「今日は特別な話をしなければならない。綾斗は三十三、北斗は三十二、遥斗は三十一か。三人ともいい年になったものだ。わしでも惚《ほ》れ惚《ぼ》れするような男っぷり、女子《おなご》が放っておかないだろう」

祖父の突然の言葉に、俺たちは訝《いぶか》しげな視線を交わす。

「お前たちも知っているように、我が家の存続と伝統を守ることが重要だ。その一部として、家庭を築くことが求められる」

招集をかけられた時から、なんとなく結婚の催促だと推測できたが「つまり？」と、俺は問いかけた。

「簡単に言えば、お前たち三人とも結婚する必要がある。とはいえ、今すぐにというのも難しいだろうから、二年という期限をもうけてやろう」

祖父は穏やかな口調で告げるが、ハルは不満そうだ。

「二年以内だって？　俺はまだ身を固める気はないですよ」

「お祖父様、私たちが二年以内に結婚しなければならない理由は？」

兄貴も眉根を寄せて尋ねる。

「理由？　理由は簡単だ。わしが生きている間に天王寺家の存続を見届けたい。もしそれができなければ相続人から外す。こうでもしない限り、お前たちは独身生活を楽しみ続けるだろう」

俺たちは驚きと戸惑いの表情を浮かべ、祖父の意図を読み取ろうとした。

不機嫌な表情を隠しもしないハルが、再び口を開く。

「俺は養子に出されクレイトン家の人間になったんだ。天王寺家の存続のための結婚は関係ないはずです」

「いいや、クレイトン家の人間であろうと、お前は天王寺家の直系だ。兄ふたりが結婚しなかった場合は、遥斗の子供が天王寺家を継ぐ。それは芽衣子も了承している。お前を養子に出した条件でもあるからな」

そこへ執事が家政婦と共に入室し、それぞれの前にコーヒーカップを置くと、空になったカップを引き下げて出て行く。

祖父はカップを手にしてひと口飲むと、俺たち三人へ順に視線を動かす。

「これは決して脅《おど》しではない。お前たちが幸せな家庭を築き、次の世代にその幸せを引き継いでほしいだけだ」

祖父の話に俺たちは困惑しかない。

たしかに父は母が亡くなった後に二度再婚をしたが、子供は俺たち以外いない。現在は天王寺フードソリューションズの社長として、継母と共にドイツのミュンヘンに住んでいる。

莫大な祖父の財産の相続人は、父と遥斗の養母である叔母の芽衣子、そして俺たち三人しかいない。

「願わくば、曾孫《ひまご》をこの腕に抱かせてほしい」

祖父の望みもわからなくはない。

兄貴は重いため息をついたのち「わかりました。私たち三人とも、お祖父様の期待に応えるために最善を尽くします」と答えた。

ここで結婚論争をしても時間の無駄だ。兄貴は老体を気遣い、この場はそう言って収めるのが一番だと考えたようだ。

「ぜひとも楽しみにしているぞ」

祖父は満足げに頷き、家族の絆を再確認するかのように俺たちに温かい眼差《まなざ》しを向けた。


祖父の家を後にした俺たちはその夜、赤坂《あかさか》の会員制高級クラブのバーに集まった。

壮年のバーテンダーは淀みない動作でカクテルを作り、心地よいジャズが流れる店内では選ばれた会員たちが静かに談笑していた。

「……今日は驚いたな」

兄貴がぽつりとこぼし、琥珀色《こはくいろ》のウィスキーの入ったグラスを手にする。

「まさかお祖父様が結婚を急《せ》かすなんてな……」

俺は眉をひそめながら、カクテルのグラスを回し呷《あお》るように喉に通す。ネグローニというアルコール度数の高いカクテルだ。

「しかも、相続人を外すなんて話までされるとはな」

ハルはソファチェアに背中を預けて長い脚を組み替える。

「俺たちは結婚しないとだめだってことか」

もう一度呟《つぶや》くように言いながら、ビールの泡が消えるのをじっと見つめている。

テーブルの上にあるのは遥斗のタブレットだ。仕事の連絡のやり取りをさっきまでしていた。

「兄貴、ハル、どうするんだ？　もしかして付き合っている恋人がいる？」

「いや、いない」

ふたり同時に答えが返ってくる。

「俺もだ」

俺たちは互いに視線を交わし、一斉にため息をついた。祖父の言葉が頭の中で反芻《はんすう》され、重い空気が漂っている。

俺たちは三人とも百八十を越える高身長で、祖父が言ったとおり惚れ惚れするような男っぷりであるとそれぞれ自負している。女性の誘惑も当然多い。

「そういえば、北斗。桜子《さくらこ》はどうなんだ？」

兄貴が宇田川《うだがわ》桜子の存在を思い出させる。桜子は祖父の妹の孫で、俺たちの〝はとこ〟にあたり、彼女の両親や兄たちも天王寺ホールディングスの系列会社で社長職や重役についている。

幼い頃から頻繁に天王寺家に遊びに来ていた桜子は三十歳になり、今は俺の秘書だ。

「そうだよ！　北斗兄さん、桜子なら妻にうってつけじゃないかな？」

ハルはニヤリと口角を上げる。

「いや、桜子を妻にしたいと思わない。彼女を勧めるのなら、ふたりのうちどちらかが娶《めと》ればいいいんじゃないか？」

「まさか。桜子は昔から北斗しか見ていなかったじゃないか。大学もお前を追って留学したんだろう」

兄貴が大げさに首を横に振り、ハルがポンと両手を一度叩《たた》く。

「なるほど。だから北斗兄さんの秘書になったのか」

「仕事を完璧にこなすからだ」

桜子は俺がアメリカの大学へ留学した二年後、同じ大学へやって来た。仕方なく面倒は見ていたが、それは親戚だからだ。

彼女の俺に対する好意は、中学生くらいから気づいていた。留学中、好きだと告白をされたこともあるが、恋愛感情はまったくない。セフレでもかまわないとまで言われた。しかし、親戚とそういった関係を持つつもりはなく断った。

桜子は大学を卒業後、天王寺商船の秘書課に入社した。俺の秘書になったのは彼女の能力が他の者よりずば抜けてよかったからだ。

「お祖父様の希望でも桜子は無理なのか？」

兄貴は再度尋ねてくるが、俺は「ありえない」と否定する。

「結婚が重要だとはわかるが、期限を決められるのはプレッシャーだな」

深く息をつき、カクテルをひと口飲む。

わが天王寺ホールディングスは複数の会社を統括する組織だが、その中でトップの業績を誇る商社の社長が兄の綾斗だ。

俺が社長を務める商船会社もトップと並ぶ企業だが、兄貴は仕事中毒と言っていいほど、仕事に時間を費やしている。

「仕事と家庭、どうやって両立させるんだ？」

兄貴の問いに、俺とハルは肩をすくめる。

「そんなこと、考えたこともないな」

俺も家庭を持った自分なんて想像もできない。

「仕事と家庭ね……」

そう呟いたハルは、タブレットを手にして画面をスクロールしている。

「そんなのを検索しても、何も出てこないだろう？」

兄貴が小さく笑う。

「それはわからないよ、あ、ちょっと……待って」

ハルの手がぴたりと止まった。

「興味深い記事を発見した。俺がニューヨークにいる間に、兄さんたちは随分マスコミを賑《にぎ》わせていたようだね」

タブレットをテーブルの上に置き、俺たちに見えるようにする。

そこにあったのは俺たち兄弟に関するネットニュースで、【由緒正しき天王寺家の御曹司が適齢期を迎え、どんな女性が彼らを射止めるのか？】と、見出しがあった。

俺たちは顔を突き合わせるように、タブレットを覗《のぞ》き込む。

三十過ぎまで生きていれば、女性と付き合ったことがないとは言わない。恋人がいた時期もそれぞれあるが、このネットニュースには会ったこともない女優やアイドルの名前と共に、噂話《うわさ》が面白おかしく書かれている。

「おっと、ハルの記事もあるぞ」

俺が指さした先には、ニューヨークでのハルの華々しい女性遍歴が取り上げられている。

「ハリウッド女優が恋人だったのか」

兄貴が目を丸くしている。

「一度食事に行っただけだ。しかし、よく調べているな」

ハルが苦笑いを浮かべる。

「俺たちの記事は違うぞ？　兄貴はわからないが、俺はまったくのガセネタだ」

「いや、私だって当てはまらない」

兄貴も端整な顔をしかめて首を左右に振る。

「結婚か……俺たちにはそうするしか選択肢がないみたいだ」

俺はそう言ってカクテルを一気に飲み干した。

「でも兄さんたちなら、相続人を外されたとしても痛くも痒《かゆ》くもないだろう？」

突として真面目な顔になったハルが、俺と兄貴に視線を向ける。

相続人か……たしかに俺も兄貴もそしてハルも、自身の財産を築いている。

俺と兄貴が頷くのを見て、ハルは「そうだよな」と納得すると、ウエイターを呼び止め、三人分のアルコールを追加でオーダーする。

「私たちはこれまでずっと仕事一筋でやってきた。でも、もしかしたらお祖父様の言うとおり、家庭を持つことも大切なのかもしれない。両立できるかどうかはわからないが」

「ああ」

俺とハルも同意する。

「だが、相続人を外されるから結婚をするわけじゃない。あくまでも年老いたお祖父様を安心させたいからだ。ふたりもそうだろう？」

俺は財産目当てに受け取られたくない気持ちで言った。

「じゃあ、兄さんたち。こうしないか？　賭けをするんだ。俺たちの所有する高価な物を一番先に結婚をした誰かに譲るっていうのはどう？」

「一番高価な物か……」

「欲しいと思わなければ意味がないんじゃないか？」

「それでも財産になるだろう？　俺たちが二十歳になった時、父さんから時計をプレゼントされたよな？」

ハルはニヤリと口角を上げて俺たちを見遣《みや》る。三男を養子に出したが、俺たちと同じような待遇を父はしていた。

「あの時計か」

俺は金庫に眠っている腕時計を思い出す。

父から俺たち三人が二十歳の時に、日本、いや世界でも入手するのが困難な世界最高峰の時計メーカーの高級腕時計を贈られている。価格は二億円。

「ああ、あれか。だが、父さんからもらったものを賭けに使うのはどうだろうか？」

真面目な兄貴は二の足を踏むような発言だ。

「その意見は一理あるが、知らない者に渡すわけじゃない。俺はハルの意見に賛成だ」

賭けに負けても、このふたりならあの時計を渡してもかまわない。

「そうだな。その賭け、乗ったよ」

同じように思ったのか、兄貴も賛成する。

そこへオーダーした飲み物が運ばれてきた。

俺たちはそれぞれのグラスを持ち上げ、黙って乾杯した。

一、ずっと見守っていた義理の妹（Side北斗）

高級会員制クラブのバーでふたりと別れた後、タクシーに乗り自宅のある代々木《よよぎ》公園近くのマンションに向かった。

夜の静けさが、代々木公園の周囲に広がっている。

街灯がぼんやりと光り、マンションの入り口へと続く小道を照らす。タクシーが静かに止まり、後部座席のドアが開いて革靴を歩道に着けた。

腕時計をちらりと見遣《みや》り、二十二時を確認する。

建物は落ち着いた外観で三階建ての低層階マンションだ。しかし、その内部は豪華のひと言に尽きる。

俺はエレベーターを使わず階段を静かに上がり、最上階にある自宅に入ると、そのまま広々としたリビングに向かう。一歩足を踏み入れると、シャンデリアが柔らかな光を放ち、モダンでありながらも温かみのあるインテリアで室内はまとめられている。

キッチンのそばにあるバーカウンターで年代物のブランデーをグラスに注ぎ、ソファに腰を下ろす。会員制クラブのバーでアルコール度数の高いカクテルを五杯ほど飲んだが、まったく酔えなかった。

壁にかかった大きなスクリーンに目をやると、ニュースが静かに流れている。

今日は仕事をしている時よりも、ずっと神経が休まることがなかった。

毎日忙しく、終わりの見えない戦いに追われている。しかし、この静かな夜のひとときが、俺にとっては何よりも貴重だ。

都会の喧騒《けんそう》から離れたこの場所は心が落ち着く。

天王寺《てんのうじ》商船は東京《とうきょう》湾に面した大規模な四十階建てのオフィスビルを構え、その最上階には、現代的でスタイリッシュな役員フロアが広がっている。

大きな窓からは東京湾の絶景が一望でき、港に停泊する巨大な貨物船が行き交う様子が見られる。

日本トップクラスの商船会社の拠点だ。

「結婚か……」

二年以内という期限ならば、結婚できるはず……面白半分で賭けをしたが、一番でなくてもかまわない。

兄貴とハル……どちらが先に結婚するか。

大企業の後継者たる俺たちに近づく女性は多い。

ブラインドカーテンを引いていないガラス窓に自分の姿が映る。

生まれつき少し色素が薄いブラウンの髪は若干癖のある耳を出したツーブロック。瞳もブラウンだ。奥二重の目は切れ長で、鼻梁《びりょう》は高く唇はごく普通の厚み。

俺たち兄弟の目は似ており、三人が奥二重の切れ長だ。それは父と同じ。

天王寺家に生まれたため、教養・スポーツ・勉強は常にトップを求められて育てられてきている。

そのおかげで俺たち兄弟は若きリーダーとして事業も成功し、ルックスのせいもあるが裕福な生活を送り、モテるのは否《いな》めない。

取引先の令嬢たちとの縁談も呆《あき》れるほどある。兄貴も同じだろう。ハルはニューヨークという大都会で自由に独身生活を謳歌《おうか》しているようだ。

ニューヨークで優秀な弁護士がひしめき合う中、ハルは国際弁護士として引く手あまただと聞いている。

以前ハルから聞いたが、世界トップクラスの社長や政治家と知り合うが、彼らはヤバい組織と繋《つな》がり裏の顔を持つ者も多いという。

社交性もあるハルなら、結婚しようと思えばすぐにできそうだ。

俺は……。

重いため息を漏《も》らし、ブランデーをひと口飲む。

妻になる女性に何を求めるのか……俺には紫穂《しほ》、君しか求めていない。

五年という短い期間、義理の妹として可愛《かわい》がった紫穂を思い出す。

十八年前、俺が十四歳の頃、父と紫穂の母が再婚し、俺たちに義妹ができた。

両親の結婚生活は五年間続いたが、俺がアメリカの大学にいる時に離婚を知らされた。

義理の母は父を愛しているように見えたが、彼女の浮気が離婚の原因だった。

◇　◇　◇

十八年前。

父は四十五歳の時、樫井玲子《かしいれいこ》という子連れの女性と再婚した。彼女は三十三歳で、子供は紫穂という九歳の女の子。俺たちに義理の妹ができた。

玄関のドアが開く音と共に、紫穂がニコニコ笑顔で家に帰ってきた。

まだ小学校への道のりが慣れないため、執事の高橋《たかはし》さんが送迎をしているが、紫穂だけ先に家に入るよう促されたみたいだ。

「……おかえり、今日の学校はどうだった？」

試験期間で帰宅時間が早く、たまたま玄関ホールを通りがかった俺は、何か声をかけなければと思い、躊躇《ためら》う気持ちを隠して声をかけた。

これまで男兄弟しかいなかったのに、突然継母と義妹ができて家の中が明るくなった感じだが、一カ月経ってもその存在に慣れず、どう接するのが正解かわからない。

「ただいま！　北斗《ほくと》お兄ちゃん。今日は図工があって絵をかいたの。先生にほめられたから嬉しくて！」

紫穂は目を輝かせながら答える。転校先の小学校だから余計に褒《ほ》められて嬉しいのだろう。その雰囲気に乗ってあげなければならない気がして口を開く。

「それはすごいな！　どんな絵を描いたの？」

「春のお花をかいたの。桜の木とか、原っぱに咲く花とか」

「いいね。後で見せてくれる？」

「まだ先生のところにあるから、もどってきたら見てね。……北斗お兄ちゃんも一緒に絵をかかない？」

俺を誘うには、かなりの勇気がいっただろう。

「……そうだな。やってみようか」

一時間くらいであれば、次の家庭教師が来るまで付き合ってあげられる。

「やったー！」

そこへリビングルームから継母になった女性が出てきた。つまり紫穂の母親だ。

「あ、ママ。ただいま！　今、北斗お兄ちゃんと話していたの」

義妹は花が咲いたような笑顔になる。

「紫穂、北斗お兄様でしょう。あなたも天王寺家の一員になったのだから、言葉遣いや行動に気をつけなさい」

娘をたしなめてから俺へ顔を向ける。

「北斗さん、お勉強でお忙しいのだから、紫穂の相手なんてしないでいいのですよ」

継母は俺ににっこり笑ってみせる。若い頃、モデルだったとかでスラリとしたスタイルのきれいな人だ。

しかし、実母を亡くして一年後の早すぎる再婚に、兄貴も俺もかなりショックで継母に懐けずにいた。

だが、義妹になった紫穂は再婚がなんなのかもわからない九歳の女の子。

父から聞くところによれば、紫穂が生まれた時から父親はいなかったらしい。かなり母親に抑えつけられて生きてきたような感じを受ける。

継母は俺の返事を待たずに、娘を見遣る。

「紫穂、わかったわね？」

「……はい。お母さん」

「言ったでしょう？　私のこともお母様と呼びなさい。北斗さん、物覚えが悪くてごめんなさいね。紫穂、お兄様たちに迷惑をかけてはだめよ。それに、これから茶道の先生がいらっしゃるから、お母様の邪魔をしないでちょうだいね」

そう言って、継母はリビングルームへ戻っていく。

環境や学校も変わり戸惑っているはずだが、紫穂が俺に見せるのはいつも笑顔だ。

しかし、その笑顔は周りに心配をかけまいと、どこか無理をしているようにも見えた。

そう思う理由は、我が家に住んで半月が経ったある日、天王寺家の一員になって継父とはいえ父親もできて喜んでいるのかと思っていたが、紫穂は飼い犬のゴールデンレトリバーのレオに胸の内を打ち明けていた。

レオは五歳で、俺と兄貴が可愛《かわい》がっている友達だ。

聞くつもりはなかったが、偶然通りかかり耳にしてしまった。

紫穂はレオと一緒に座っていた。レオは温かい日中は三十平米ほどの木枠で囲われた専用の庭で過ごし、夜は家の中に用意された彼のスペースで暮らしている。

その日は五月中旬の暖かい日だった。囲いの中に入った紫穂は芝生の上に座り、静かに涙をこぼしながらレオに話しかけていた。

「レオ、私ね……ここに来てから、ひとりぼっち。お母さんは幸せそうだけど、私はおうちが大きくてさびしいの。学校も面白くないし……前の学校のお友達に会いたい……レオといるときだけが楽しいよ。レオがいてよかった……」

レオは彼女の膝に頭を乗せ、優しい眼差《まなざ》しで紫穂を見上げた。その瞳に慰《なぐさ》められるように、紫穂は少しだけ笑顔を見せる。寂しげな笑みを浮かべる紫穂がとてもかわいそうで、彼女の孤独に寄り添い助けたいという思いが芽生えた。

「……北斗お兄ちゃ、お兄様。宿題があるのを思い出したから、お絵かきは今度お願いします」

「呼び方なんてどうでもいいよ。叱《しか》られるのが嫌なら、人がいる時はそう呼んで、ふたりだけの時は北斗お兄ちゃんでかまわないよ。紫穂、二階のリビングで宿題を見てあげる。一時間くらいなら平気だから」

「え？　本当!?　いいの？」

ぱあっと花が咲いたような笑顔になった後、紫穂はパッと口元を手で押さえた。リビングルームにいる母親に、大きな声が聞こえてしまったと思ったのだろう。

「うん。いいよ。二階へ行こう」

二階は両親や俺たち兄弟の私室の他、ゲストルームが七つ、小さめのキッチンと主に俺と兄貴が使うリビングルームがある。

俺は紫穂を促し、玄関ホールから二階へ伸びる階段を上った。壁には高価な絵がいくつも飾られている。

二階へ上がった俺はそこで立ち止まる。

「紫穂、ランドセルを貸して。手洗いうがいをしてきて」

「うんっ。ありがとう」

紫穂は赤いランドセルを背中から下ろし、俺がそれを引き取ると、廊下の先にある洗面所へ向かった。

俺はリビングルームの隣のキッチンへ行き、オレンジジュースのペットボトルをふたつと、クッキー缶を持って戻る。

リビングルームの大きな窓から差し込む柔らかな日差しが、静かな部屋を温かく照らしていた。

紫穂がレオに心の内を話しているところを聞いて以降、彼女と母親の様子を注意深く見ていたが、学校から戻ってもおやつの用意すらされず、ほったらかしにされている。

紫穂の母親は茶道や華道などの習い事だけでなく、エステやネイルなどの自分磨きにかなりスケジュールを詰め込んで忙しいようだ。

「わあ！　オレンジジュースにクッキーもある！」

手洗いとうがいを済ませた紫穂がやって来て、テーブルに置かれたそれらに目を輝かせる。そういえば、紫穂がおやつを食べているところを見たことがない。

「紫穂、いつでも冷蔵庫に入っているジュースや棚に入っているお菓子を食べていいんだよ。もちろん食べすぎたらだめだけど」

「本当？」

「うん。紫穂はこの家の娘になったんだから、いつでも好きな時に食べても怒られないよ」

紫穂は少し考えたのち、首を左右に振る。

「ううん。お母さんにおこられちゃうからいいの」

やはり母親が怖いみたいだ。

「じゃあ、こうしようよ。俺がいる時はおやつを自由に食べよう。見つかっても俺と一緒なら大丈夫」

「……う、うんっ。北斗お兄ちゃんが一緒の時ならっ」

ようやく紫穂は憂い顔から愁眉を開いた。

色々なお菓子や飲み物をストックするよう、高橋さんに言っておこう。

「じゃあ、食べてから宿題をしよう」

紫穂は俺の対面のソファには座らず、センターテーブルの前にちょこんと座り「いただきます」と両手を合わせてからオレンジジュースをひと口飲み、クッキーを口に運んだ。

クッキーを二個ほど食べると、国語の書き取りを始める。

俺はテーブルに向かって真剣に宿題に取り組む義妹の姿を、静かに見守っていた。

紫穂は一生懸命にノートに書き込んでいる。その小さな手がペンを握りしめ文字を書いていく様子に、胸に温かい気持ちが広がっていくのを感じた。

「ここ、もう少し丁寧に書いたほうがいいよ。跳ねるところを気をつけて」

そっとアドバイスすると、紫穂は顔を上げてにっこりと笑って頷いた。

「ありがとう、北斗お兄ちゃんっ」

紫穂に感謝の言葉を言われると、嬉しい気持ちになる。

それからは彼女の頑張りを見守り寄り添うことが、俺にとって何よりも尊い時間となっていた。

その後、紫穂の寂しさを払拭《ふっしょく》できたらと、毎日ほんの少しの時間でも顔を合わせるようにした。

朝食は顔を合わせるものの、祖父や両親も揃《そろ》うため、紫穂はいつも緊張した面持ちで食べている。

食べ物をこぼしたり、しゃべったりしないように言われているのだろうか、まったく口を開かない。

祖父は紫穂に対して時々優しい言葉をかけているのだが、彼女は小さな声で返事をするくらいだった。

夕食は俺と兄貴は学校が終わっても家庭教師が来るため、紫穂と食べられない。

祖父や父も多忙なため、たいていは母親とふたり、母親が出掛けていることもあるから、ひとりで夕食を摂ることも少なくないようだ。

父は初めての娘だから、顔を合わせれば俺たちより可愛がっている。しかし、出張も多く帰宅時間も遅いため、紫穂はいまいち打ち解けられないようだ。

俺よりひとつ上の兄貴も、現在通っている中学校には付属高校があるものの別の高校を受験するため、紫穂をかまっている時間はあまりない。

ある日、短縮授業で高橋さんが中学校へ迎えに来た。

「北斗おぼっちゃま、これから紫穂お嬢ちゃまのお迎えをしてもよろしいでしょうか?」

同じ学校の二学年下の桜子《さくらこ》も一緒に後部座席に乗っている。家が近所だから、時々乗せて送り届けていた。

「紫穂のお迎え? ええ、もちろんかまいません」

「ありがとうございます。では、向かいます」

ゆっくりと車が走り出す。

「紫穂ちゃんは天王寺家の一員なのに、公立の小学校なの?」

桜子が不思議そうだ。

「ああ。継母の希望だそうだ」

継母曰《いわ》く、これまでごく普通の生活をしていたので、突然良家の子女が通う私立の小学校へ行けば環境に馴染《なじ》めないだろうと。だから公立でいいと言ったそうだ。

「お母様の希望なら仕方ないわね」

「桜子、到着するまで勉強をするから」

「北斗君は真面目ね。わかった。私も勉強するわ」

彼女は鞄《かばん》から英語の教科書を取り出した。

俺たちの通う中学校から紫穂の通う小学校までの二十分間、参考書を開いて勉強をしているうちに車が止まった。

「もうそろそろいつもの時間で……」

高橋さんが俺に伝え、門のほうを車窓越しに確認する。つられて俺も視線を向けると、紫穂くらいの学年の子供たちが門を出て行く。

「俺が門の前で紫穂を待ちます」

「でもそれでは……」

「少し息抜きがしたいんです」

躊躇《ちゅうちょ》する高橋さんに畳みかけるように言って、後部座席のドアを開けて降車した。

桜子は「北斗君が行く必要はないのに」と大きなため息をついている。

のんびり門の前に着いたところで、紫穂が校舎を背に歩いて来るのが見えたが、紫穂の周りにはふたりの同級生らしき男の子がいて、彼女をからかっている様子だった。

「いつもの迎えかよ。金持ちはすげえな！」

紫穂は車の迎えをからかわれているのか。

もうひとりは「人形みたいに口もきけないのかよ」と言って笑っている。

たしかに紫穂は人形みたいに可愛い。

紫穂は困った表情を浮かべ、どうしていいかわからない様子で俯《うつむ》くと一目散に門へ駆けてくる。そこにいる俺には気づいていない。

「逃げるのかよ」

紫穂を追いかけてくるふたりに、どこにでもいじめっこはいるものだが、どうやら彼女が気になるから、からかっているのではないかと推測できた。

紫穂は俺に気づかず通り過ぎようとした。

その時、うしろから紫穂のランドセルが引っ張られた。

「や！」

紫穂がのけぞりそうになったところで、俺が手を伸ばして自分のほうへ引き寄せた。

「大丈夫か？　紫穂」

腕の中にいる紫穂を見下ろすと、彼女は目をぱちくりさせて俺を見上げている。

どうやら俺がここにいることに驚いているみたいだ。そんな彼女の表情にくすりと笑って、俺はいじめっこふたりに視線を向ける。

「君たち、気になる子のからかい方をもっと勉強したほうがいいぞ。今度紫穂をからかったら見逃さないからな」

「……はい。も、もうしません」

気まずそうに言いながら、ふたりはそそくさとその場を離れた。

「北斗お兄ちゃん、ありがとう」

「大丈夫か？　いつもからかわれているのか？」

「……ううん」

紫穂は嘘《うそ》をついているのではないだろうか。

「何かあったら、すぐに言って。助けるから」

紫穂の肩に手を置き、優しく微笑《ほほえ》む。

「うん、そうするね。ありがとう、北斗お兄ちゃん」

俺は紫穂の手を取り、道路向こうに止まっている車に向かって歩き出した。

高橋さんが外で待っており、後部座席のドアを開けたところで、紫穂は桜子が乗っていることに気づいた。

「高橋さん、私は前に座るね。北斗お兄様はうしろに座ってね」

俺が何か言う間もなく、紫穂は自分で助手席のドアを開けて座り、俺はさっきまで座っていた席に腰を下ろした。

「紫穂ちゃん、前に座らせちゃってごめんね」

謝る桜子に、紫穂の頭が「ううん」と左右に揺れた。

◇　◇　◇

懐かしい子供の頃を思い出し、ふと我に返ってテーブルに置いたままのバーボンを喉に通した。

父と紫穂の母の結婚生活は五年しかもたず、離婚を知らされたのは突然だった。

俺は高校を卒業後、アメリカのマサチューセッツ州にある大学へ留学していた。離婚の知らせで、真っ先に心配したのは紫穂だった。

紫穂は私立大学付属の女子中学校の一年生になっていたが、両親の離婚後は公立の中学校へ転入したらしい。紫穂を可愛がっていた父は、学費は気にすることはないと言ったにもかかわらず、頑として紫穂は受け入れなかったという。

離婚の理由を聞いて納得した。

母親の浮気が原因だったのだ。

それならば、紫穂が援助を断ったのも理解できる。いや、理解するしかなかった。そばにいたら彼女を説得できたはずだが、離れているせいで何もできない自分が歯がゆかった。

母親がしでかしたことを、紫穂はどんなに恥じて悲しんでいることか。

父からプレゼントされたスマートフォンも置いて屋敷を出たことから、連絡が途絶えてしまった。

父によれば、都内に用意したマンションでふたりで暮らしているということだったが、もしかしたら浮気相手も一緒に住んでいるのかと思うと、心配でならなかった。

大学三年生の夏、休暇で帰国した時に父になぜ紫穂を引き取らなかったのかと聞いた。そうすることは無理だと頭ではわかっていたが、ひどい母親のもとで紫穂が暮らさねばならないことに憤っていたからだ。

『北斗、私もできることなら紫穂ちゃんを手元に置きたかった。一度話したんだ。この屋敷で暮らさないかと。しかし、母親のせいで離婚となった経緯から紫穂ちゃんは首を縦に振らなかった』

紫穂の性格なら、ここには絶対に住まないだろう……。

父はマンションの一室を買い与え、紫穂が生活に困らないようにしたのだが、半年も経たないうちに住居は売り払われてしまったそうだ。

紫穂に連絡を取る手立てがなく、俺は断腸の思いでアメリカに戻った。

その後、ＭＢＡを取得して帰国し、天王寺ホールディングスの傘下のひとつ、天王寺商船に入社すると同時に、興信所に依頼して紫穂を捜してもらった。

興信所を使ってもなかなか見つけられず、調査が終わった時、彼女は十八歳の高校三年生になっていた。俺が二十三歳の時だ。

紫穂は母親と江東《こうとう》区木場《きば》のマンションで暮らし、公立の高等学校に通っていた。

母親は銀座《ぎんざ》のスナックのホステスになり、父と離婚した半年後に浮気相手と再婚したが、二年も経たずに離婚していたようだ。

離婚した後も、男は絶えずいたらしい。

そんな環境の中で、生活を共にするしかなかった紫穂に同情し胸が痛かった。

もしかしたら、母親の見境のない男関係を見ていたせいで、彼女も悪影響を受けていたらと、不安に駆られた。

紫穂のような子がそんな風になるとは想像できなかったが、もう何年も彼女を見ていない。

母親はスナックの雇われママになり、まあまあうまくいっていたが、稼いだ金は娘のためではなさそうだ。

興信所の報告書によれば、若い男と付き合い貢いでいるようで、母親はカフェで若い男に金を渡し、「あなたがいなければ生きていけないわ」などと言っていたとあった。人を見る目のある父がなぜ彼女と再婚したのか甚《はなは》だ疑問だ。あの頃の彼女は三十三歳で、元モデルだけあって見目よい女性だった。その美しさに最初の頃は理性が失われていたのかもしれない。

これらの調査報告を受けたのは、紫穂が高校三年生の六月の初旬。彼女は大学へ進学をせずに職に就くつもりらしい。

彼女の成績は学年でトップだった。俺は学校に手を回し、あしなが基金のような財団から大学の費用を援助する旨を彼女に伝えてもらった。

俺から、いや天王寺家の者からの援助だと知れば、紫穂は辞退するだろう。だから、調べてもわからないよう架空の財団を作り、彼女の大学進学を援助した。

一度、離れたところから学校帰りの紫穂を見たが、彼女はきれいな女子高生になっていた。想像どおりの清楚系の彼女に、母親の影響を受けていないようだと胸を撫《な》で下ろした。

成績優秀できれいな娘になったのを父が知れば喜び、きっと会いたいと思うだろうが、現在はドイツに赴任中で新しい妻もいる。

彼女は進学を渋ったようだが、教師たちに説得され無事に私立大学でもグレードの高い大学に合格し、外国語学部英語学科へ入学した。

本当ならば入寮させて母親から引き離したかったが、彼女は自宅から通学し、大学の講義以外の時間はアルバイトに当てていた。

俺は半年に一度、定期的に紫穂の様子を報告するよう興信所と契約している。

再びバーボンをひと口飲んだところで、今朝、その興信所から報告書が届いていたことを思い出す。

センターテーブルの上にあるタブレットの電源を点け、メールから報告書をダウンロードする。

五年前、紫穂は私立大学を卒業後、大手の自動車会社に就職した。配属先は本社オフィスビルの受付だ。

しかし二年後、彼女は待遇のよかった会社を辞めた。原因は母親の元交際相手が金の無心に何度も現れ、会社に居づらくなったためとあった。

その報告を受けた後、いても立ってもいられず紫穂に会いに行った。

最後に会ってから十一年が経っていた。

俺は天王寺商船の専務取締役になり、実績を上げてもうすぐ三十歳になるところで社長になった。

祖父の考えは天王寺家の者であっても、実力のないものには会社を任せない。

俺や兄貴も幼い時から帝王学を学び、常に成績はトップを維持し、それぞれ海外留学をして見聞を広めた。

彼女のスマートフォンに連絡を入れ、俺からのメッセージにかなり驚いていたようだが、会うことを受け入れてくれ、東京《とうきょう》駅近くにある五つ星ホテルのラウンジで待ち合わせた。

現れた紫穂はよそよそしく、一緒に暮らしていた頃の屈託のない笑顔はなかった。

それは無理もないと察する。母親の浮気のせいで天王寺家を出て行くことになり、その後の生活は楽ではなかったはず。

彼女は自分のスマートフォンの番号を知られていたことに驚いていた。

天王寺家の一員で、天王寺商船の社長であれば、個人のスマートフォンの番号など簡単に調べがつくと口にすると、紫穂は納得した。

俺は離婚後、紫穂を心配していたと話し始めた。

紫穂は始終俯《うつむ》き加減で、俺のほうをほとんど見ない。そんな彼女が唯一自分から尋ねたのがレオのことだった。

レオは俺が二十四歳の時、十五歳で亡くなった。

そう話すと、涙を拭くように右手が目元に移動した。

天王寺家を出た後、ずっとレオが気になっていたのだろう。ほとんど視線を合わさない紫穂は、俺と一緒にいると居心地が悪いらしい。

『元気でやっているのか？』と尋ねると、『はい』と端的に応える。それは本心ではないだろう。それに俺が知りたいのはどんな暮らしをし、どんな気持ちでいるのかだ。

母親の元交際相手に付きまとわれていることが喉まで出かかっていたが、ぐっと堪《こら》える。定期的に興信所からの報告を受けていたと言えば、紫穂は嫌悪感を露《あら》わにするはずだ。

『元気そうではないように見えるよ』

そう口にすると、紫穂の華奢《きゃしゃ》な肩がぴくっと動くのを見逃さなかった。

『……しっかりやっているので、もう連絡はしないでください』

そう言うと、椅子《いす》から立ち上がり俺の横を通り過ぎようとする彼女の手首を掴《つか》む。

『紫穂、俺は今でも君の兄だと思っている。何か困ったことがあれば、いつでも連絡をしてくれ』

名刺を取り出し、紫穂の手に持たせる。

『わかったな？』

『……はい』

紫穂はコートのポケットに俺の名刺を入れると、頭を下げてラウンジを出て行った。

その後、紫穂はコーヒーチェーン会社の店頭スタッフとして就職したものの、また男が金の無心に現れたらしく、一年も経《た》たずに退職した。

興信所の者がずっと紫穂を見張っているわけにもいかず、男が現れるのは調査日以外の出来事だった。

その頃から、母親が病気になり入退院を繰り返すようになった。

病名は胃がん。しかもスキルス胃がんで余命一年とあり、発覚後にホステスを辞めて治療に専念している。スキルス胃がんはあらゆるがんの中で最も経過が悪く、治すことの難しい難治がんだ。

紫穂は心を痛めているだろう。

二十六歳の彼女は、コーヒーチェーン店を辞めてから、派遣社員として広告代理店でのデータ集計や資料作成サポートなどの事務をしていた。

俺は紫穂の手助けをしたいと考え、母親の玲子《れいこ》さんに会った。

去年十一月の告知から四カ月が経っていた。

彼女には酷だが、スキルス胃がんの五年生存率は十％と低く余命も短い傾向にある。

上品なカフェラウンジの椅子に座る玲子さんは、天王寺家で暮らしていた頃とは見る影もなく痩《や》せ細り、化粧では隠しきれないほど顔色が悪い。現在の彼女は五十歳のはずだ。

十数年ぶりに会う俺に、笑顔で『北斗さん、お久しぶりね』と言った。

プライドが高い女性だから、病気を隠したいのだろう。

『素敵《すてき》な男性になったわね。いいえ、子供の頃の北斗さんや綾斗さんもかっこよかったもの。モテるでしょう？』

『そうでもありません』

そんな会話よりも早く本題に移りたくて世間話を終わらせる。

『今日、会いに来たのは、あなたの病気のことです』

玲子さんの顔色が一瞬で変わり、目が大きく見開かれた。

唇をキュッと噛《か》みしめた後、何か言葉を発しようと口を開くも声が出ない。頬が赤く染まり、手が微《かす》かに震えているのが見て取れる。玲子さんの顔には、混乱と不安が入り交じった表情が浮かんでいた。

『隠さなくても知っています。あなたが今まで男にのぼせ、紫穂をないがしろにしていたことも』

『娘をないがしろにしたことなんてないわ。紫穂に聞いてみなさいな』

玲子さんは動揺しながらも首を左右に振る。

『彼女は母親思いだから言わないでしょう』

『わ、私の病気のことってなんなの？』

『スキルス胃がんですよね？』

『……だから何？　私は病気になんて負けないわ』

玲子さんは背筋を伸ばして、以前の高飛車な口調になる。

『よかった。とんでもない母親でも、あなたが亡くなれば紫穂はひどく悲しむでしょう。提案があります』

『提案？』

不思議そうに彼女は俺を注視する。

『最高の治療を受けさせてあげます』

『最高の治療？』

オウムのように復唱する玲子さんは呆気《あっけ》に取られている。

『手厚い看護、そして医療を受けられる病院で治療してもらいます』

『……どうして？』

そう尋ねてから、目の前のコーヒーのカップを手にする。

『紫穂のために。彼女は離婚後散々あなたに苦しめられた。勤務先にあなたの交際相手が金の無心に何度も現れ、転職を繰り返しているのは知っていますか？』

玲子さんはぎょっと目を見開き、慌ててカップをソーサーの上に置く。

『会社に現れるとは聞いていたけれど、それが理由で辞めたとは思っていなかったわ』

嘘をついているようには見えない。

『……私は悪い母親ね……。一番後悔しているのは、北斗さんのお父様と別れたことよ。浮気した自分が悪いってわかっている。あの時、紫穂が泣き叫《さけ》んでもあの家に置いていくべきだったわ』

どうやら良心はあったようだ。

『そう思うのなら、入院をして治療をし、紫穂を自由にしてほしい』

『……聞いていいかしら？　そんなに紫穂のことで親身になるのは義兄として？　それとも男として？』

さすが恋多き女だと思った。

紫穂が社会人になるまでは、かつて家族として過ごしたことのある義兄として、できるだけのことをしてあげなければと考えていた。

しかし、今は大人の女性になった紫穂を手に入れたいと強く思っている。

だが、玲子さんには本心を伝えないほうがいい。この女性が知るのは、紫穂を手に入れた時だ。

『義兄としてです。天王寺家にいた時の彼女は可愛い義妹でしたから』

『……義妹、ね……それは残念だわ。でも、紫穂を義妹として大事に思ってくれる北斗さんがいてよかった』

その数日後、玲子さんは俺が手配した都内の私立大学病院に入院した。

あれから玲子さんの病状の報告は欠かさずあったが、翌年の三月になると痛みでつらい症状が出ていると、俺が手配した看護人から聞いていた。

痛みを和らげる緩和治療しか残された術《すべ》はなく、紫穂はほぼ毎日、病室に顔を出しているらしい。

母親の入院によって、仕事帰りの見舞いも重なり余計に紫穂は忙しくなり、玲子さんと話した時、難しい治療をするから面会はできないとさせるべきだった。

そんな日常を過ごし、余命を宣告された時より手厚い看護で玲子さんは生き永らえていたが、病状が進むにつれ紫穂が自分の娘だとわからず、「看護師さん」と呼ぶようになっていた。

さらに痩せ細り、常に痛みを抱えている母親を見るのは、紫穂もつらいだろう。いつ亡くなってもおかしくはないと連絡を受けている。

祖父から結婚命令の話が出た時、俺の頭には紫穂しかいなかった。

そろそろ行動を起こす時だ。


翌朝、迎えの専用車でオフィスに向かう。

湾岸地区の四十階建てのオフィスビルのエントランスを入ると、広々としたロビーがある。

ロビー中央には船舶の模型や世界各地の航路図が展示され、それらは天王寺商船の歴史だ。

受付は常に五人体制で、来訪者の取り次ぎをしている。

セキュリティゲートを通り、最上階専用のエレベーターに乗り執務室へ向かう。

エレベーターを降りた先では、秘書の桜子が出迎えた。

「おはようございます」

「おはよう」

桜子は手に持ったタブレットを確認しながら、今日のスケジュールを説明する。

出社すれば無駄な時間はなく、日本にいる時は毎朝こうして歩きながらスケジュール確認をする。

「本日は九時から取締役会議、その後十一時にオーシャントランスポート社との面談が予定されています。十四時からは新しいプロジェクトの進捗報告があります」

オーシャントランスポート社は、世界各地の港を結ぶ大手物流企業で、特に商船業界においては重要なパートナーだ。幅広いネットワークと最新の輸送技術を駆使し、信頼性の高いサービスを提供している会社である。

わが社の業務内容は多岐にわたる。主に、国内や国際的な貨物の海上輸送、船舶の運航管理、物流サービスなど、他にも様々な業務を担っている。

「わかった。取締役会議の前に、資料を再度確認しておきたい。準備を頼む」

「はい。すでにデスクに準備してあります」

そこで執務室の前に到着し、桜子がドアを開けて入室する。

執務室は現代的なデザインの家具が配置されており、洗練された雰囲気が漂っている。大きなマホガニーのプレジデントデスクの上には、最新のパソコンや書類が整然と並べられ、仕事に集中できる環境が整っていた。

外に面した壁一面の大きな窓からは広大な海が一望でき、太陽の光がキラキラと反射する波間を、ゆっくりと商船が航行しているのが見える。

この部屋で俺は毎日のように、世界中のクライアントやパートナー企業とオンラインでの会議を行い、新たなビジネスチャンスや効率的な運航スケジュールの策定に奔走している。

商船会社のトップとして、経営戦略の策定だけでなく、従業員の士気向上や持続可能な海運業の推進にも力を入れていた。

デスクにつくと、タブレットのスケジュールを開き、今週の夜に行動できる日を確認した。

二、動き出す歯車

爽《さわ》やかな陽気が続く五月中旬。

私、樫井紫穂《かしいしほ》はオフィスビルのセキュリティゲートをＩＤカードを使って通り、エレベーターに乗って広告代理店のオフィスに向かっている。

会社は丸《まる》の内《うち》の二十五階建ての六階にある。従業員は五十名ほどで、社長や重役たちのデスクも同じフロアにあって、従業員全体も仲がよく、働きやすい会社だ。

私のデスクには、パソコンの他にいくつかの書類がきちんと並べられていた。

派遣社員として、この広告代理店で働き始めて半年が経《た》ち、主にデータ集計や資料作成のサポートをしている。

私立大学を卒業後、大手自動車会社で受付を、コーヒーチェーン店のカフェスタッフをしてきたが、事務職は初めてで自分にできるのか不安だったが、仕事はすぐに慣れた。

現在二十七歳になった私は、この会社の派遣が決まり喜んだ。しかし、契約期間は残り三カ月。

延長してもらえるかは、今の評価にかかっているので、日々頑張っている。

ここは働き甲斐《がい》もあるけれど、母の元交際相手に怯《おび》えずにすんでいることが何よりも助かっている。セキュリティゲートを通らなければ部外者は立ち入ることができないので、精神的に楽になった。

とはいえ、自宅は知られているから待ち伏せされることもある。

その男は母が三度目の離婚の後に付き合った若い男で、少額だけどお金を何度かせびられて渡したことがある。それが何度も続けば、かなりの金額だ。

カフェスタッフを辞めてからは今のところ現れていないが、またいつ来るかと思うと心臓が痛くなる。

しかし、今はその男のことよりも母のことが私の頭を占めていた。

すでに出社している社員たちに「おはようございます」と挨拶《あいさつ》をしながらデスクにつくと、パソコンの電源を入れまずはメールに目を通す。

その後、クライアントから送られてきたデータを開いて、表計算ソフトのシートから必要な情報をピックアップしていく。

時折、額にかかる髪をかき上げながら、集中して作業を進めていた。

そこへ直属の上司である持田《もちだ》課長が近づいてきた。

「樫井さん、この資料の修正お願いできますか？」

書類を手渡される。

「はい。すぐに取り掛かります」

明るく返事をし、再びパソコンに向かう。

手際よくデータを整理し、グラフや表を作成していく。

大手自動車会社に内定をもらい事務職を希望していたのだが、配属された先は受付だった。受付の仕事も嫌ではなかったが、パソコンを使って仕事をしていると、自分にはこういった作業が合っていると思える。

十時から十八時が私の勤務時間で、派遣社員なのでたいてい残業はない。

母にスキルス胃がんが発覚してから、私たちの生活は一変した。母が浮気をすることなく天王寺《てんのうじ》家で暮らしていたら、今とは違った運命になっていたかもしれない。

◇　◇　◇

天王寺家を出てから、母は銀座《ぎんざ》のホステスになった。その間、ふたりの男性と結婚したが長くは続かず離婚を繰り返した。

天王寺の継父はとても優しかった。忙しいけれど、いつも私のことを気にかけてくれていたのを覚えている。

『紫穂《しほ》ちゃん、残念ながら玲子《れいこ》とは離婚することになった。しかし彼女は母親として君に悪い影響を及ぼす可能性がある。だから、君はここに残っていてもかまわないんだよ』

当時の私は中学一年生で、天王寺家の義兄と同じように私立の有名中学校に入学させてもらった。友達もたくさんできたけれど、両親の離婚で母と一緒に暮らすことになれば、転校しなくてはならない。

中学生といえど、母のしでかしたことは理解していた。だからなおさら天王寺家の世話になんてなれなかった。

しかも母は浮気をしただけでなく、天王寺家のお金を使い込んでいたのだ。

あの頃、子供ながらに穴があったら入りたいくらい恥ずかしい思いをした。だから、継父から家に残るよう勧められても、そのとおりにするわけにはいかなかった。

執事の高橋《たかはし》さんをはじめ、家政婦さんも当主であるお義祖父様も優しかった。

何よりも忙しい中、常に声をかけてくれたり勉強を見てくれたりした北斗《ほくと》さんとの別れが一番つらかった。

でも、北斗さんはアメリカの経済学や社会科学の分野で強力なプログラムを持つ、独自の教育哲学で知られている大学に留学してしまった。

長男の綾斗《あやと》お兄様も、イギリスの歴史と伝統に富むイギリス最古の大学に留学している。

ふたりにはもうひとり血の繋《つな》がった弟の遥斗《はると》さんがいる。彼は九歳の頃、子供がいない叔母夫婦の養子になり、私が天王寺家で生活していた頃は年に二回ほどニューヨークから遊びに来ていた。なので、何度も顔を合わせている。

綾斗さんは天王寺家の跡取りとしてすべてを背負ったような真面目な青年で、次男の北斗さんは周りをよく見て困っている人を見過ごせないタイプ。養子に出された三男は、アメリカで生活しているせいもあるのか自由人。

そして、私は北斗さんが大好きだった。

中学生になった時、継父がスマートフォンをプレゼントしてくれた。

アメリカに留学中の北斗さんから『最近はどう?』や『中学は楽しい?』などと、

私の生活を心配する電話を何度ももらった。その気遣いがとても嬉しかった。

だけど母の浮気で離婚が決まり、私がこの先苦労しないようにと、継父は品川区《しながわく》のタワーマンションの部屋を購入してくれた。

部屋は2LDKで、母とふたりで住むには充分な広さだった。

しかし母はその後、私にはなんの相談もなく、結婚を約束した四十代の本郷《ほんごう》さんと同居し始めた。

本郷さんは母に夢中で、目のやり場に困るほどいつも一緒にいた。本郷さんの嫉妬からホステスを辞めた母だが、彼のお給料だけでは生活はできず、結局、天王寺の継父が購入してくれたタワーマンションの家を売ってしまった。

そのお金で木場《きば》にある3LDKのマンションを買い、余ったお金で宝飾品を買ったり、おしゃれな服を買ったりと贅沢《ぜいたく》をしていた。

本郷さんとの結婚は一年半しかもたず、その一年後に再び林《はやし》さんという五十代の少し裕福な男性と結婚した。

その頃、私は高校三年生になっていた。

母の男にだらしないところは吐《は》き気がこみ上げてくるほど嫌だった。でも自分の母親だから、心の底からは嫌いになれず一緒に暮らしていた。

自分の部屋があったし、放課後や休日はアルバイトをしていたから、ほとんど林さんとは顔を合わさなかった。

勉強は好きだし、本当は大学へも行きたかったが、高校を卒業したら就職して、ひとり暮らしをしようと考えていた。

母とふたり暮らしであれば家を出たいと思わなかったけれど、他人……しかも男性と一緒に暮らすのはこれ以上無理だった。

高校三年生の六月頃、教師から大学へ進学しないのはもったいないと言われ、奨学金をもらって進学したほうがいいと勧められた。

紹介された基金は信じられないくらいの好待遇だった。

大学の学費すべてを出してもらえ、奨学金制度のように返さなくていいのだと言う。

本当にそんな基金があるの……?

まさか教師が生徒を騙すとは思えないが、その基金を調べてみると、ちゃんと実績があり信用ができる基金だった。校長先生からも話があったので、安心できるところだろう。

たしかに高卒と大卒ではお給料の基本給から違うし、就職も選択肢が増える。この先のことを考えて受けることを決断した。

アルバイトをすれば大学の寮に住めると考えていたが、母と林さんは翌年の二月に離婚した。

私立大学に入学が決まり、寮に入る手続きもすんでいたのだが、母をひとりにしておけずに家から通学することになった。

また他の男性と結婚するのではないかと思ったが、母が心配で決心がつかなかったのだ。母はまたホステスに戻り、すぐに雇われママになった。

私が大学に入学した夏頃から、母にまた男性の影がちらつくようになった。母は常に上機嫌で、しばらくすると一回り以上年上の男性と交際していると私に告げた。

その彼とは結婚に至らなかったのでホッと胸を撫《な》で下ろしたが、すぐにまた別の男性と交際したりして、私はいつも気持ちが落ち着かなかった。

そんな心配事がありつつも、大学在籍中はアルバイトと学業を両立させて、就職も大手自動車会社に入社。すべては基金のおかげだと感謝している。

ごく普通の生活が始まり、同僚たちと夕食に行ったり、休日にショッピングや日帰りのキャンプなどへ出掛けたり、今までできなかったことを楽しんでいた。

しかし、それも母が交際していた男のせいで居づらくなって退職した。

職場にやって来るその男は、いつも黒いスーツを身にまとった新宿《しんじゅく》のホストだった。

同僚たちに事情を話すのも恥ずかしく、私がホストに熱を上げていると噂《うわさ》が社内中を飛び交い、精神的に疲れて辞表を出したのだ。

男は三十五歳のホストで、十年前はその界隈のホストクラブでナンバーワンだったらしいが、年齢と共に落ち目になっていき、母と知り合った。

母はその人に入れ上げてかなりの大金を渡していたようだ。これは自慢げに男性が私に話したから知っている。

若い女性と浮気をしているところを母が目にして見限られたが、私の母との関係を会社に広めると脅《おど》されて、その時初めて五十万円を渡したことがあった。

『お母さん、島本《しまもと》っていう男の人、会社に来て色々なことを広めると言ってお金をよこすように脅してくるの』

夜の仕事に出掛ける前に鏡を覗《のぞ》き込み、深紅のリップを塗る母に言ってみた。

塗り終わった母はくるりと振り向き、にっこり笑う。

『あの男は口で言っているだけ。行動なんて起こせないわ。無視すればいいの。自分が悪かったのを棚に上げてよくも脅すもんだわ。絶対にお金を渡しちゃだめだからね』

『でも……』

もうその時には貯金をはたいた五十万円を渡していた。

母のことを会社に話されては困るから。

『私のところに来ないのは肝っ玉が小さいってことよ。じゃあ、行ってくるわ』

母の言葉に従っていたら、五十万円を失うことはなかったかもしれない。だけどすでに手遅れで、私がホスト狂いだと社内で広まってしまっていた。

あの男は私を退職するしかないところまで追い詰めたのだ。

そんな折り、スマートフォンに電話が入った。画面に映し出された〝北斗お兄様〟の文字に目を見張る。

天王寺家を出た時にスマートフォンは置いてきたが、北斗さんの番号だけは取っておきたくて日記帳に書いて、高校に入学して母が購入してくれたスマートフォンにその番号を入れておいたのだ。

もう会うことはないとわかっていても、天王寺家で北斗さんと過ごした五年間がとても幸せだったから、彼の電話番号はお守りみたいなものだった。

それが、突然の北斗さんからの電話で、出るのを躊躇《ちゅうちょ》した。そうしているうちに呼び出し音が止まってしまい、胸がギュンと痛みを覚えた。

出ればよかった……。

そう考えているとSMSにメッセージが入り、開いてみると北斗さんからだった。

【紫穂、北斗だ。電話に出てほしい】

北斗さん、どうして電話をしてきたの……？

当惑しているうちに、再びスマートフォンが着信を知らせた。

出ようか迷い、スマートフォンを持つ手が震える。

無視したほうがいいのだろう。でも……と、引き留める幼い頃の私がいる。

声が聞きたい……！

思いきって通話をタップして、スマートフォンを耳に当てた。

『も、もしもし……』

《紫穂、会わないか？》

そんなこと考えていなかったから、言葉を失う。

《聞いている？　紫穂、もう十年以上会っていないな。どうだろう？　お茶でも飲まないか？》

『用件、は……？』

《元気にしているか会って確かめたいだけだよ》

北斗さんはたしか……二十九歳になった。最後に会ってから十一年の歳月が流れ、その間、天王寺家は遠い昔の素敵《すてき》な思い出として心の奥底に押し込めていた。

どんな大人の男性になっているだろう……。

会ってみたいと、心が揺れる。

《紫穂？　明日の土曜日、十四時に今から言うホテルのラウンジに来てくれないか？》

北斗さんの声はあの頃よりも少し低く、魅力的に聞こえる。

『……わかりました。お伺いします』

《よかった。じゃあ、明日》

ホッと安堵したような声の後、通話が切れた。

元気にしているか会って確かめたいだなんて……もう十一年も経《た》っているのに。

短い期間、面倒を見た義理の妹だった私を思い出して連絡をくれたのだろうか。

でもなぜ私のスマートフォンの番号を知っているの？

そこで思い直す。天王寺家の人なら、スマートフォンの番号ぐらい簡単に調べられるはず。

五年間でも義理の妹だったから、野暮《やぼ》ったい姿で会いたくなくて、ボーナスで購入したペールブルーのAラインワンピースを着て、メイクもそれなりにして出掛けた。

おしゃれをしたのは今の状況を隠す鎧《よろい》みたいなもので、会って心配をかけないようにしなければと思った。

北斗さんが指定したのは、東京《とうきょう》駅近くにある五つ星ホテルのラウンジだった。

そんな高級なホテルに足を踏み入れるのは初めてで、久しぶりに北斗さんに会うのにも心臓が暴れているのに、ラウンジを歩く足も震えそうだった。

ラウンジスタッフに窓際の席に案内されると、遠目から見ても高級なスーツだとわかる美麗な男性が椅子《いす》に腰掛けていた。

長い脚を組み、優雅に座る男性に目を見張る。

高校の時よりもずっと大人の男性になった北斗さんに、鼓動が跳ねた。

『紫穂』

ラウンジスタッフがテーブルに案内したのだから、私とわかるのが当然だと思うが、北斗さんは迷いもなく断言した。

中学生からそんなに変わっていないのだろう。

天王寺家の中で一番優しく、時間を割いて面倒を見てくれた北斗さんが目の前にいる。驚くほど素敵で目と目を合わせられない。

『紫穂、座って』

気づけば、うしろでラウンジスタッフが椅子を引いてくれていた。

ラウンジスタッフに会釈して腰を下ろす。

暴れる心臓が口から出てしまいそうだ。

恥ずかしさに北斗さんの顔が見られず、テーブルの上のグラスへ視線を向ける。

『あまり元気には見えないな』

『……そんなことないです。私の番号をどうやって？』

声が上ずりそうだ。

『そんなのは簡単に調べられる。紫穂は今、二十四か。仕事は順調か？　俺は今天王寺商船の社長をしている』

俯《うつむ》く目の前に名刺が置かれる。

天王寺家のいくつもある主要な企業の社長に就くために、幼い頃から英才教育を受けさせられてきたのだから当然だと思う。

私は今、無職だなんて言えない……。

『仕事は順調……です』

今の私と光り輝いている北斗さんとでは雲泥の差があり、情けなさに早くこの場から立ち去りたい思いに駆られた。

だけど、どうしても聞きたかったことがある。

『レオは……』

『彼は……俺が二十四歳の時に亡くなった』

北斗さんが二十四歳の時ということは、十五歳で……。まだ生きているとは思っていなかったけれど、胸が痛み悲しみに襲われる。

母が再婚し、環境が大きく変わって不安でいっぱいの私が天王寺家で最初になんでも話せたのが、ゴールデンレトリバーのレオだった。レオは私の話に静かに耳を傾《かたむ》け、時には励ますように手の甲を舐《な》めてくれた。

あの頃のレオを思い出して、目頭が熱くなって涙が出てくる。

右手でそっと涙を拭《ぬぐ》う。

『紫穂はレオを可愛《かわい》がっていたからショックだろう』

『……生きているとは思ってはいませんでした』

『そうだよな。あれから十年以上の歳月が流れて、君もすっかり大人になった』

天王寺家を出てから、つらいことがたくさんあった。今もあるけれど、それを北斗さんに話したくない。

北斗さんに心配をかけてはだめなのだ。

『どうした？　元気そうではないように見えるよ』

北斗さんの前ではそんな風に見えないよう気をつけていたのに、子供の時のように彼にはなんでもお見通しなのかもしれない。

図星を指され、思わず肩がぴくっと跳ねてしまった。

『……しっかりやっているので、もう連絡はしないでください』

もう私は天王寺家とは縁が切れたのだから、二度と会わないほうがいい。

奔放な母がいっときでも由緒正しき天王寺家の嫁だったということは、彼らにとって汚点でしかない。

『帰ります』

椅子から立ち上がり北斗さんの横を通り過ぎようとした時、手首が掴《つか》まれた。

『紫穂、俺は今でも君の兄だと思っている。何か困ったことがあればいつでも連絡をしてくれ」

北斗さんの名刺を手に持たせられた。

『わかったな?』

『……はい』

一刻も早くこの場を去りたくて、コートのポケットに名刺を入れると、頭を下げてラウンジを足早に立ち去った。

◇ ◇ ◇

退勤後、母が入院している文京区《ぶんきょう》にある青葉《あおば》大学医療センターへ向かうため、電車に乗る。職場から片道四十分くらいだ。

母のスキルス胃がんは余命一年と宣告されたが、治療のおかげで宣告から一年半年以上生きることができている。

でも、医者からは危篤状態になるかは時間の問題だと告げられている。

現在の母は、私のことがわからなくなっている。

母は余命宣告を受けた時に『絶対に死なない。生きるのだから』と、強い意志を持って入院した。

死に向かう緩和ケア病棟ではなく、がんと闘う治療を選んだ。

しかし、治療の甲斐《かい》もなく病気は進行していく。

駅に到着して十分ほどで、青葉大学医療センターの入り口が見えてくる。

病院のエントランスへ歩を進めると、清潔感のある広々としたロビーがある。

柔らかな照明が落ち着いた雰囲気を醸し出し、患者や家族が静かに行き交っている。

受付にいるスタッフとはすっかり顔見知りになっていた。

私立病院なので、すべてにお金がかけられている気がする。

入院費や治療にかかる諸々な費用はかなり高いはずなのに、母は『貯金と生命保険がおりるから大丈夫。あなたに迷惑はかけないから』と言っていた。

本当に生命保険でまかなえるのか最初は不安だったが、母は口座引き落としにしており、私はタッチできていない。

私が管理しようかと尋ねたら、笑顔でやらなくていいと言われたのだ。

日ごとに命の炎が尽きかけている母の姿を見るのも、私のことがわからなくて「看護師さん」と呼ばれることも本当はつらい。

だけど、できるだけ会えるうちに会っておきたい。

母のせいで苦労を強いられたことも多いけど、産んでくれたことにはとても感謝しているから。

入館手続きをしてエレベーターに乗る。病室のある七階へ向かう途中、窓から見える夜景に目を向けた。病院は高台にあるため、高層ビルの灯りが美しく輝いているのが見える。

母も廊下の窓からこの景色を眺《なが》めるのが好きだったが、今は体力が落ちてベッドから出ることもできなくなり、その姿を見ると胸が詰まされる。
病室の前に到着して、そっとドアをノックしてから中に入った。
部屋の中はしんとしていて、わずかに聞こえる機械の音が静寂を破るだけだった。
ベッドには母が横になって眠っている。
苦しくないみたい。よかった……。
今は痛みに苦しむことなく眠ってほしい。
ベッドに近づき椅子に腰を下ろすと、眠る母の顔をしばらく見つめていた。

三、隠されていた事実

六月に入った。

家から最寄り駅に向かう朝、歩道から見える庭先の紫陽花《あじさい》が花を咲かせている。湿度が少しずつ上がり始めるが、まだ梅雨の気配はなく爽《さわ》やかな風が心地よい。

昨夜病室へ行った時、狂ったように痛みを訴えていた母を見て、それからずっと気にかかっている。だけど普段どおり出勤した。

母はあの後、医師から薬を投与された。痛みが緩和されていくのを見届けて、私は病室を後にした。

オフィスでデータ集計の作業をしていると、ポケットのスマートフォンが振動した。画面を見てドキッとする。病院からの着信が表示されていた。

「もしかして病院？」

隣に座る女性社員の佐藤《さとう》さんが心配そうな顔で私を見ている。佐藤さんは四十代の既婚者でこの広告会社に十五年務めている。彼女には母が入院しており、命の危険があることを話していた。

不吉な予感を覚えながら彼女に頷《うなず》いてみせ、通話をタップする。

「もしもし、樫井《かしい》です」

心臓が嫌な音をさせ、少し声が震えている。

《樫井さん、青葉大学医療センターです。お母様の容態が急変しました。すぐに来ていただけますか?》

看護師の冷静な声が聞こえた。一瞬、何も考えられなくなったが、すぐに気を取り直し「わかりました、すぐに向かいます」と答える。

覚悟していたことだ。

電話を切ると、心配そうな表情を浮かべる佐藤さんに声をかける。

「すみません。母の容態が急変したので早退します」

「ええ、慌てないでね。気をつけて行くのよ。部長には伝えておくから」

「はい。ありがとうございます」

デスクの上の書類を片付け、パソコンの電源を落としてバッグを手にした。

オフィスを飛び出しエレベーターに乗り込む。

心は不安と焦りでいっぱいだった。

エレベーターの中で、涙がこぼれそうになるのを必死に堪《こら》えながら、病院へと急いだ。


五日後の火曜日。

母の葬儀が終わり骨壺を抱えて家へ戻って来た。

誰も呼ぶことなく私だけが母を見送った侘《わび》しい葬儀だった。知らせるつもりもないが、母の元夫たちの現在の連絡先はわからない。

病院から危篤の連絡が入り急いで駆けつけたが、母は到着の五分前に亡くなっていた。

あともう少しだけ待ってくれていたら……。

最後のお別れができなかった。母の亡骸《なきがら》を前に涙が溢《あふ》れ出て、子供のように泣きじゃくりながらまだ温かい体に抱きついた。

ひとりになってしまった……。

白い布に包まれた骨壺と位牌《いはい》を見ていると、母はもういないのだと実感する。夢を見ているような感覚で、母が亡くなったことをどこか受け入れられないでいた。

「……お母さん、頑張るから。安心してね」

ひとりになったのだから、気持ちを強く持って生きなきゃ。

六畳の和室を出て隣のリビングを通り自分の部屋へ歩を進めると、喪服のワンピースを脱いで、カットソーとジーンズに着替える。

時刻は十四時になったばかりで、会社は今週いっぱい休みをもらっていた。

母の部屋には病室から持って帰ってきた荷物が置いてある。母の服なども少しずつ片付けていこうと思っている。

天王寺《てんのうじ》家の継父が購入してくれたタワーマンションを売って、母はこの木場《きば》のマンションに買い替えたが、3LDKは私ひとりで住むには広すぎる。

今すぐではないが、楽しい思い出がない家から、ひとりで住むのに充分な小さい部屋への引っ越しも視野に入れていた。

「さてと、片付けよう」

母の部屋に入り、病室から持ってきた荷物を整理し始める。

ふと目についた、白い小さな巾着のお守りを手にする。

『私に万が一のことがあったら、ここにマンションの権利書や通帳とかが入っている引き出しの鍵があるからね』

入院の荷造りをする際、母はそう言ってがん封じのお守り袋の中に鍵を入れた。

どうして鍵を持って入院したの……？

まるで死ぬまで、私に引き出しの中身を見られたくなかったように思える。

その鍵を持って、タンスの前に立つ。

七段のタンスの一番上に鍵がかかる引き出しだ。

鍵を持つ手が汗ばむ。

大きく息を吸って古びた鍵穴に鍵を差し込みゆっくりと回した。

引き出しは少し固くなっていたが、力を込めるとカチリと音を立てて開いた。

何か母の秘密がありそうで怖い。だが、見ないわけにはいかない。恐る恐る引き出しを開けた。

引き出しをタンスから抜き取り、母のベッドの上に置いて隣に腰を下ろす。

箱の中は、きれいに整理された書類の束がある。

これはマンションの権利書……。

長方形のジュエリーボックスがあり、開けるとダイヤモンドにサファイア、エメラルドにルビーなどの宝飾品があった。

これらは母が出勤時身に着けていたジュエリーだ。

『銀座《ぎんざ》のホステスはね、本物を身につけないとお客様からバカにされてしまってもう二度と来ていただけなくなるの』

本物ではあるが、派手なデザインのジュエリーは私の好みじゃない。

ジュエリーボックスを閉じてから、三つほどある通帳のひとつを手にした。

開いてみると、タワーマンションを売った金額から始まっている。

その金額は驚くほどだ。

大きなお金がどんどん引き出されていって、残金二十九円。

このお金はなんに使ったの？　タワーマンションを売ったお金でこのマンションとジュエリーを買ったのはわかっている。けれど、マンションは三分の一ほどの金額で購入している。

通帳を閉じて二冊目を開く。これは母のお給料の口座のようだ。これも残金はほとんどない。

月額はかなりの金額なのに……。

社会人になってからは、食べたい物は自分で買ってくることになっていたので、節約のために私が食材を用意して母の分も作っていた。

最後の通帳はページをめくられたことのない新品のように見える。

それをめくってみると、印字されている数字に目を見張る。

二千万……？　一体どこから？

数字の隣を見ると、さらに驚いた。

【テンノウジ　ホクト】とあったのだ。

北斗《ほくと》さんがどうして……？

『貯金と生命保険がおりるから大丈夫。あなたに迷惑はかけないから』

母の言葉が脳裏をよぎる。

「生命保険証書は？」

引き出しの中を探してみても、生命保険をかけていた書類は見つからない。

その時、白い封筒に目を留めて手にする。

天王寺商船の封筒だ。

中から入院費を全額負担するという約束が書かれた用紙が一枚入っていた。北斗さんのサインもある。

通帳に入金されていたのだから、間違いない。

母の入院費は生命保険からではなく、北斗さんが払っていたのだ。

通帳に記帳すれば、月の入院費が引き落とされているはず。

どうして……？　お母さんと北斗さんが会っていたなんて驚きを隠せない。まさか、母が北斗さんに入院費を払うように頼んだの？

そう思いたくないが、北斗さんが負担する理由なんてまったくない。

また母は迷惑をかけたのね……。

荷物の中に病院からの請求書が入っていたのを思い出して、鞄《かばん》の中からファイルを取り出す。

請求書を一枚一枚めくっていくと、毎月かなりの金額の請求だった。

この経緯を北斗さんから聞かなければ……そして謝らないと。

謝って済む問題じゃないけれど、北斗さんに迷惑をかけてしまったことはたしかなのだから、このまま知らないふりはできない。


翌日の金曜日。

いつもどおりに目を覚まし、ブラウスと綿のスカートに着替えて洗面所へ向かう。

それから和室へ行き、祭壇のお水を入れ替えてからお線香をあげて両手を合わせる。

四十九日が終わったら、納骨堂で管理してもらう予定だ。

十時を過ぎて、スマートフォンを手にリビングのソファに腰を下ろす。

北斗さんに電話を掛けなければならないが、彼のスマートフォンか、それとも以前名刺をもらった番号に掛ければいいのか悩んでいる。

だが一番の悩みは、彼に電話をする勇気がないことだ。

母が亡くなったことを伝え、お金の件を聞くだけ。北斗さんが母に何か弱みを握られていたとは思えないが、脅《おど》されてあの念書を書かされたのだとしたら堪《たま》らない。

ここは私情を挟んではいけない。

会社に電話をして取り次いでもらうのがいいのかもしれない。

ただ、取引先でもない私の電話を、社長に取り次いでくれるのかが心配でもある。

もしかしたら北斗さんは出張中かもしれない。

三年前に彼から受け取った名刺の番号は、先ほどスマートフォンに登録した。深呼吸をして、その番号をタップする。

社長室直通電話でも必ず秘書が出るはず。

大手自動車会社に勤めていた時、受付からも直接社長や重役とは話さず、秘書が電話を受けるのが普通だった。

数回の呼び出し音の後、《天王寺商船、秘書室でございます》と女性の声がした。

「お忙しいところ恐縮ですが、樫井と申します。天王寺社長にお取り次ぎをお願いしたいのですが」

すると、間髪《かんはつ》を入れずに《ただいま海外出張中でございます。お電話があったことをお伝えしておきます》と言われた。

「わかりました。お願いいたします」

スマートフォンの終了をタップしてセンターテーブルの上に置く。

やっぱりすぐ繋《つな》がるわけがないよね。

とりあえず海外出張がどこかわからないけれど、もしかしたら真夜中かもしれないから、就寝中に電話を掛けずに済んだわ。

また後日電話をしよう。名前を伝えてもらったのだから、出張から戻って来た北斗さんからかけてくるかもしれない。

そうなると、ただただ申し訳ないのだが。

さてと、片付けの続きをしよう。

今日も晴天なので、全開にした窓からほどよい風が入ってくる。

ソファから立ち上がり数歩歩いた時、スマートフォンの着信音が鳴り響いてビクッと肩が跳ねる。

振り返ってスマートフォンを見ると、〝北斗さん〟とあり、その名前を見た瞬間、心臓がドクンと打った。

スマートフォンを手に取り、通話をタップして出る。
「か、樫井です」
《紫穂《しほ》、電話をくれたんだろう？》
「はい。北斗さんは海外出張だと。外国からなら、帰国してからでも——」
《いや、オフィスにいる》
北斗さんは私の言葉を遮《さえぎ》る。
「オフィス……」
《すぐに俺に回さなくてすまない。女性からの電話にはそう言うようになっている》
そうだったのね……北斗さんはとてもモテるようだ。もちろん三年前の北斗さんを見ても、天王寺というバックグラウンドがなくても素敵な人だから、女性たちが近づいて来るだろう。
《ちょっと待ってくれ。誤解はしないでほしい》
「誤解って？　北斗さんのような方なら当たり前だと思います。お電話したのは……母が、先週の金曜日に亡くなりました」
一瞬息を呑《の》んだ音がしてから、北斗さんは口を開く。
《……心よりご冥福を祈るよ。紫穂、大丈夫か？》

「はい。覚悟はしていましたから。それで、会って話したいことが」

《もちろん、会おう。今夜は空いている？　自宅へ行ってもいいか？　玲子《れいこ》さんに手を合わせたい》

家に……？　でも人がいるところよりも、話がしやすい。

「大丈夫です」

《二十一時過ぎになると思う》

「わかりました……お待ちしています」

北斗さんは通話を終わらせた。

自宅を訪問されることを了承したが、考えてみると今までの自分たちの生活を見られてしまうみたいで恥ずかしい。

ううん。それ以前に、母が北斗さんにお金の無心をしたかもしれないことが後ろめたく感じる。

あんな大金、北斗さん自ら融通するわけがない。

二十一時過ぎにエントランスのインターホンが鳴った。

モニターを見ると、スーツ姿の北斗さんが立っている。

エントランスのロックを解除し「どうぞ」と言って、玄関へ向かう。

うちは七階建ての二階の住居なので、すぐに北斗さんは現れるだろうと思い、玄関を開けて待った。

エレベーターホールから北斗さんの姿が見えた。

「紫穂」

「わざわざ来ていただき、ありがとうございます。どうぞお入りください」

頭を下げて北斗さんを中に促す。

北斗さんはピカピカのビジネスシューズを脱いで、用意したスリッパに足を通す。

「こちらです」

廊下を進みリビングへ行き、その横が母の骨壺が置いてある和室だ。

北斗さんは和室の前でスリッパを脱ぎ、歩を進める。

それから手に持っていた白菊や白ユリのアレンジメントされた見事な花かごを、座布団の隣に置いて正座する。

ポケットから紫檀《したん》の数珠を出した。ろうそくの火は灯されていたので、彼はお線香に火を点けると香炉に立てて両手を合わせた。

わざわざ弔問に来てくれたし、北斗さんの表情やそのうしろ姿を見ても、母への嫌悪感のようなものは見られない。

複雑な気持ちで、お線香をあげ終わるのを待っていると、彼の頭が動き数珠をポケットに入れて座布団から立ち上がった。

北斗さんが振り返り、私は口を開く。

「ありがとうございました。あの、お夕食はまだでしょうか？　ハヤシライスでよければありますが……」

「紫穂は食べたのか？」

実は食欲が湧かず、作ったはいいもののまだ食べていなかった。

「いえ、まだです……」

「では、ごちそうになるよ。一緒に食べないか？」

「わかりました。今、用意します。ソファに座っていてください」

北斗さんはソファに腰を下ろした。

キッチンへ入り、鍋を温めて、ポテトサラダを冷蔵庫から取り出す。

温まったハヤシライスと一緒にダイニングテーブルへ運び、準備が整った。

「北斗さん、できました」

スマートフォンをいじっていた彼はソファから立ち上がり、ダイニングテーブルにやって来た。

「お口に合うかわかりませんが、どうぞ」

「おいしそうだ。いただきます」

北斗さんがスプーンを持って食べ始める。

こんな庶民的な料理、北斗さんの口に合うのだろうか。

気になって彼が食べるところを見ていると、こちらを見て口元を緩ませる。

「そんな神妙な顔をしないでいい。とてもおいしいよ」

「……よかったです」

母に融通したお金の話をしたかったが、食事中にするものでもないと考え、私も食べ始める。

「紫穂、仕事は順調か？」

「はい。楽しく働いています」

「……そうか」

「天王寺家の皆様はお元気でしょうか？」

お祖父様は特に高齢なので気になっていた。あの方は経済界の重鎮だから、何かあればニュースで知ることになるだろうと思っていた。

「祖父も父も兄貴もハルも元気だよ。ちなみに高橋《たかはし》さんもね」

高橋さんには特にお世話になったので、元気だと聞いて安堵《あんど》する。

「それはよかったです」

「父は再婚して今はドイツにいる」

素敵な継父だったから、きっと再婚するだろうと思っていた。

「おめでとうございます」

「継母のことはほとんど知らないが、ドイツで楽しくやっているようだ」

「母がお継父様《とうさま》……いえ、おじ様を苦しめた分、幸せになっていただけたら私も嬉しいです」

北斗さんのお皿へ視線を向けると、ほぼ食べ終わっている。

「あの、以前、私からもう連絡しないでくださいと言ったのに、すみません。お電話したのは母が亡くなったことをお知らせするのもありましたが、がん治療にかかる費用などの入院費は北斗さんのお金だったと昨日知りました。母が何か北斗さんを脅していたのでしょうか？」

すると、彼は頬を緩ませて首を左右に振る。

「脅すって、俺が弱みを握られていたと？」

「はい……。そうでなければ母の口座に、二千万もの大金を振り込むだなんておかしいです」

「脅されていたわけじゃない。玲子さんは治療をして治ることを考えていたから、援助しただけだ」

「でも、天王寺家にひどい仕打ちをした母を援助する必要はないはずです」

本当のところを見極めようと、北斗さんをまっすぐ見つめる。

「そうだな……玲子さんのしたことは常識ではありえないことだった。だが、俺が援助した理由は彼女のためじゃない。紫穂、君のためだ」

「え？　私の……ため？」

北斗さんの言葉を聞いた瞬間、一瞬時が止まったかのように感じた。頭の中は混乱して言葉を失い、自分のためだったという事実に衝撃を受けた。

「ああ。玲子さんが治療を望めば高額な医療費がかかる。紫穂は母親のためなら身を粉にして働いて、治療を受けさせようとするだろう？　天王寺家を出て苦労した君を助けたかった」

北斗さんは出会った頃からずっと優しかった。けれど、母はその優しさに甘えてはだめだったのだ。

母は治療を受けたいと願ったが、望みはないことはわかっていた。それでも少しでも長く現世に身を置きたかった。余命宣告を受け、絶望と恐怖の狭間でどうしようもなかったのだろう。

お金もないのに生に囚《とら》われてしまったせいで、北斗さんに迷惑をかけてしまった。亡くなった母を貶《けな》すひどい娘だが、胸が痛くなって涙がこみ上げてきた。

「北斗さん……ごめんなさい」

弱い心を見せたくなくて頭を下げる。

「謝らないでくれ。むしろ援助してあげられてよかったと思っている。俺が紫穂の力になりたかったんだ。ほら、頭を上げてくれ」

優しい言葉に今までつらかったことが走馬灯のように押し寄せてきて、涙が止まらない。子供だった時のように、顔を伏せたまま首を左右に振る。

「ちょ、今は……気持ちの、整理が……ごめんなさい……」

「紫穂？」

北斗さんの困惑した声と同時に椅子《いす》が引かれる音がした。次の瞬間、彼は私の横に来て座ったままの私を抱きしめた。

「ほ、北斗さんっ！」

「君は気持ちを押し殺して周りの人に見せようとしない。だが、俺にはすぐにわかる」

私が天王寺家にいる時もそうだった。

北斗さんは母に叱《しか》られて庭の隅で泣いている私に気づいて「泣かなくていいんだよ。大丈夫だから」と肩をポンポンと叩《たた》いて慰《なぐさ》めてくれた。

あの頃は肩を優しく叩いてくれてけれど、驚くことに今は抱きしめられている。

「つらい気持ちを無理にしまい込もうとしなくていいんだ」

「……ありがとうございます。昔の北斗さんを思い出しました」

「紫穂、あの頃は『ありがとう』だっただろう？　敬語を使わないでくれ」

「あの頃と今では違います」

「それでも、紫穂に敬語を使われると嫌なんだ。昔は昔、今は今。それから玲子さんが父にしたことはもう忘れるんだ」

「……話を中断させてしまってすみません」

北斗さんの腕から抜け出そうとするけれど、彼の腕の力は緩まない。

そっと彼を見上げると、真摯《しんし》な眼差《まなざ》しが私を見つめていた。

「紫穂、とにかく融通した金のことは気にしないでいい」

「そんな！　私の気持ちが収まりません。そう言っても、すぐに全額返すなんて無理なことですが……」

　北斗さんはふっと笑うと、涙のあとを拭《ぬぐ》うように私の頬を親指の腹で撫《な》で、私から離れて元の椅子に座った。

「それなら俺が会いたい時に会ってくれないか？　食事でもしよう」

「食事、ですか？」

「ああ。君と会って俺を安心させてくれないだろうか？」

　北斗さんは微笑《ほほえ》む。その笑みは恋心を向けてはいけないのに、私の胸をときめかせる。

「あ、安心って、もう私は北斗さんの妹じゃないんですから、心配する必要はないです」

「それが君のことが気になって仕方ないんだ。三年前のあの時、もう連絡をしないでほしいと言われても、無視をすればよかった」

「ごめんなさい。泣いたから余計そう思うんですね。でも……いつでも呼んでくださ
い。それが融通していただいたお金に見合うとは思っていませんが」

「負い目で会ってほしくないな。金のことは忘れてくれ」

　はい。とは言えない。金額が大金だから。

「明日からシドニーへ五日間の出張なんだ。帰国したら連絡をする」

　北斗さんが椅子から立ち上がる。本当に素敵な大人の男性になった。

「忙しいのに、来てくださって、ありがとうございました」

玄関に向かう北斗さんの後に続き、ビジネスシューズを履いたところで頭を下げた。

「玲子さんを亡くしてつらいだろうが、あまり深く思い詰めないように。食事もちゃんととって。戸締まりもしっかりするんだよ。じゃあ、おやすみ」

「……はい。おやすみなさい」

北斗さんは麗《うるわ》しい笑みを浮かべて玄関を出て行った。

玄関の鍵を閉めて、リビングへ戻りながらも、頭の中は北斗さんでいっぱいだ。

それにしても戸締まりって……。北斗さんは私のことを、一緒に暮らしていた頃の子供のままだと思っているみたい。私はもう二十七なのに……。

そう考えてから思い直す。二十七の大人なのに彼の前で泣いてしまったから、そう思われるのも無理はないのかもしれない。

北斗さんの心配性は変わらず、私と会って安心したいだなんて、嬉しいのか嬉しくないのか、よくわからない。

でも、離れてからかなりの年月が経っているのに、彼はまだ私のヒーローだった。

北斗さんほどの人なら、結婚を考えている女性がいそうなのに。ううん、マリッジリングはしていなかったけど、結婚しているのかもしれない。

そう考えると、胸にもやもやしたものがこみ上げてくる。

彼は今も私を〝妹〟として大事に思ってくれているようだけれど、それに甘んじないようにしなければ。

充分すぎるほど、北斗さんに迷惑をかけてしまっているのだから。


月曜日、出社すると部長に呼ばれて、お悔やみと会社から香典を渡される。派遣社員なのに気遣ってもらい、ありがたくお礼を言って頭を下げた。

隣の席の佐藤さんが神妙な面持ちで私が席に着くのを待って口を開く。

「樫井さん、大変だったわね。お悔やみ申し上げます」

「ありがとうございます。なんとか無事に荼毘《だび》に付すことができました」

「顔色が悪いわね。無理しないでね」

「そんなに悪いですか？　元気なのでどんどんお仕事を言いつけてください」

佐藤さんに笑顔で言って、パソコンの電源を入れた。

そこで課長が佐藤さんのデスクの横で立ち止まり、ポスターらしきものを渡す。

「頼まれていたポスターと市場調査の資料だ。これ以上のインパクトのある広告を先方は期待している」

「わかりました。市場調査して考えます」

課長と佐藤さんの会話が聞こえてくる。

佐藤さんは広告のコンセプトやデザイン、コピーライティングなど、実際の広告素材を制作している。

クリエイティブなセンスの問われる仕事をしている佐藤さんを尊敬している。

私は有名大学の外国語学部を卒業していながら、佐藤さんのような専門な職業、そして自分自身が情熱を傾けるような仕事をしてきていない。それをこの会社に来て、しみじみと感じている。

私には、クリエイティブな仕事はどう考えても無理なので、派遣期間が終わったら、やりたいことを探そう。

課長がいなくなり、佐藤さんがポスターを広げる。

「樫井さん、見て。旅行会社のポスターなのよ」

佐藤さんに声をかけられ、隣のデスクに広げられたポスターを見る。

奇岩や谷の上にカラフルな気球が飛んでいる。

「ここはどこでしょうか？」

外国だけしかわからない。

「トルコのカッパドキアよ。早朝に気球に乗って朝食を食べるプランもあるの。一度は行ってみたいわ」

「トルコは遺跡が素晴らしいと聞いたことがありますが、この朝日に照らされた気球は見事ですね」

私も訪れてみたいと思った。海外旅行なんて縁がなかったが、今なら行けそうな気がする。今までは母のことで心に余裕がなかったから。

「ええ。あ、それで樫井さんにはターゲット市場の調査をまとめてほしいの。課長からも了解を取ってあるわ。これが資料よ」

「わかりました」

私のデスクにドサッと資料が置かれる。

「よろしくね。まとめてもらえたら競合分析を行って、最適なアプローチを策定できるわ」

「はい。ではすぐに取り掛かります」

さっそく資料を手にして読み始めた。

北斗さんからスマートフォンに電話があったのは、その週の木曜日。

退勤して自宅に到着し、親子丼でも作ろうかと思ったところだった。
「もしもし？　紫穂です」
《紫穂、食事へ行かないか？　もしかして家に着いてる？》
「はい。少し前に」
時刻は十九時を回ったところだ。
《そうか、これから出掛けるのは面倒か？》
「面倒ではないですが……親子丼でよかったらうちで食べませんか？　あ、親子丼なんて庶民的で食べたくないですよね」
提案してすぐに思い直すと、電話の向こうから北斗さんの笑う声が聞こえた。
《ちょっと待ってくれ。俺だって定食を食べる時もある。紫穂が作った親子丼を食べてみたい。だが、急で大丈夫か？》
明日も食べられるからと、材料は多めに買ってあるので問題ない。
「はい。私の手料理でよければ来てください」
《ああ。先日のハヤシライスもうまかったし、家庭料理に飢《う》えているからありがたいよ。では、少ししたら向かう》
通話が切れて、スマートフォンをテーブルの上に置いてハッとなる。

「ご飯炊かなきゃ！」

キッチンの中へ入り、お米を研いで炊飯ジャーのスイッチを押し、豚汁の具材を切って作り始める。

あとは……。

野菜室からほうれん草を取り出して、胡麻和えを作る。それから玉ねぎと鶏肉を切って親子丼の具を煮始めた。


四十分後、エントランスのインターホンが鳴ってロックを解除すると、北斗さんがやって来た。

ドアを開けて玄関に招くと、北斗さんは開口一番「おいしそうな匂いがしてくる」と笑みを深める。

あまり期待されても困るので、苦笑いを浮かべて口を開く。

「おいしいかわからないですよ。どうぞお入りください」

北斗さんはこの前履いたスリッパに足を通す。

「手料理は嬉しいよ」

「お屋敷に住んでいないのですか？　それとも結婚して別所帯に？」

リビングに向かいながら尋ねる。

〝結婚〟は一番聞きたかったことだ。

もし彼が結婚していたら、以前の義理の妹だとしても会ってはいけないと思っている。

「ああ。大学を卒業してからあの家には住んでいない。今住んでいるのは祖父と高橋さんに使用人たちだけだ。それから結婚はしていないよ。兄貴もハルもね」

「綾斗さんもお屋敷を出られているなんて……お祖父様は寂しいですね」

「そうかもしれないな。俺は代々木《よよぎ》のマンションでひとり暮らし中だ。兄貴は屋敷に近いタワーマンションに住んでいて、天王寺商社の社長を務めている。ハルはニューヨークで国際弁護士として活躍しているよ」

遥斗さんが養子に出された後も、三兄弟は私がお屋敷にいる頃から仲がよかった。

見目麗しい三人が揃《そろ》うと、眼福ものだった。中学一年生の私がそう思うのだから、彼らの学校の女子たちの心をざわつかせていたのではないだろうか。

そこで桜子《さくらこ》さんの存在を思い出した。

彼女は常に北斗さんと一緒にいて、彼への想いを隠そうともしていなかった。桜子さんは北斗さんと親戚だし、結婚するものと思っていたのに。

「紫穂、フルーツケーキが好きだったよな？　買ってきたから食後に食べよう」

パティスリーのショッパーバッグと、ブランドに疎《うと》い私でも知っているハイブランドのショッパーバッグを渡される。パティスリーのほうはショッパーバッグが大きくて、あきらかにカットされた二個ではない。

それに……これは？

「北斗さん、もしかしてホールケーキを買ってこられたのですか？」

「ああ。小学生の頃の紫穂は必ずケーキは二個食べていただろう？」

「それは子供の頃の話で、今はひとつで充分です」

北斗さんは楽しそうに笑う。

「明日も食べられるだろう」

「あの、こちらは……？」

「シドニーの土産だ。紫穂に似合いそうなネックレスがあったんだ」

「お土産は嬉しいですが、こんな高そうなものを……チョコとかでいいのに……」

すると、北斗さんは頬を緩ませて首を左右に振る。

「身に着けてくれたら嬉しい。紫穂、もう腹ペコなんだ。食事を食べさせてくれ。おっと、その前に玲子さんにお線香をあげてくるよ」

「あ、はい。お願いします」

ケーキの箱はキッチンへ持っていき、冷蔵庫に入れる。

作ったものをトレイに載せて運び終えたところに、北斗さんが和室から戻って来た。

「ありがとうございます。用意ができました。どうぞ掛けてください」

母にお線香をあげてくれたお礼を伝える。

「いただきます。次は俺にごちそうさせてくれ」

北斗さんは箸を持って豚汁の椀に口をつける。

「あぁ……色々な素材の出汁が出ていておいしい。シドニーでは洋食だけだったから、和食に飢えていたんだ」

「思い出しました。北斗さんは和食派でしたね。たいていお祖父様と同じものを食べていた記憶が蘇《よみがえ》りました。留学中は大変だったのでは？」

天王寺家はお抱えの料理人がいたので、全員が揃わない時は食べたい物の希望を聞いてくれていたのだ。

私は子供の頃は洋食がめずらしくて、ハンバーグやオムライスなどを頻繁に作ってもらっていた。

「朝食は簡単なものだが必ず自炊していた。家から送られてきた梅干しや佃煮、お茶漬けのもとなんかを使ってね」

「北斗さんが自炊を？」

食べる手を止めて、驚きに目を見張る。

「今は忙しすぎて無理だな」

「社長は大変ですね。帰国したばかりだし。お忙しいのに私にかまわないでください」

「今日食事に誘って俺は得をしたじゃないか。おいしい和食が食べられた」

「これくらいの料理はどこでだって食べられます」

ふふっと笑みを漏《も》らし、ほうれん草の胡麻和えに手を伸ばす。

「紫穂、哀《あわ》れな男のために食事を作りに来てくれるか？」

「え？」

「うちのキッチンで」

エプロンを身に着けて、北斗さんの家のキッチンで料理をしている自分を想像して心臓がドクンと跳ねる。

「わ、私が……？　北斗さんなら喜んで作りに来てくれる女性《ひと》がいるのではないですか？　あ、桜子さんは？」

北斗さんの二歳下だったから、三十歳。結婚していてもおかしくない。彼女は天王寺家の親戚で、出会った頃から中学生の彼女は才色兼備だった。

「作りに来てくれる女性はいない。桜子も一度も今の部屋に入れたことはない」

「桜子さんはご結婚を？」

「いや、俺の秘書をしている」

桜子さんはアメリカの留学先の大学まで北斗さんを追いかけて、社会人になっても秘書としてそばにいる……。でも、家に入れたことはないって……ふたりに恋愛感情はないの？

「桜子さんには、北斗さんより素敵なお相手がいるのでしょうか」

尋ねた瞬間、北斗さんの表情が一変した。

彼の目が一瞬大きく見開かれ、驚きと喜びが交錯したように彼の唇の端がゆっくりと持ち上がり、穏やかな微笑みが顔に広がった。

「どうして笑うのですか？」

「紫穂が俺のことを素敵だと言ったからだ。それは本心？」

「北斗さんは素敵です。初めて会った時から、かっこいいお兄さんだと思ってました」

懐かしい雰囲気につい口が滑るが、彼は私の言葉を信用していないみたいだ。

「本当に？」

「念を押すなんて、子供みたいですね。嘘《うそ》は言いません。北斗さんは言われ慣れているんじゃないですか？」

「それは男のメンツにかけて内緒にしておこう」

冗談で流されてしまったが、絶対に言われているだろう。

「わかりました。私……天王寺家にいる頃から、北斗さんは桜子さんと結婚するのではないかと思っていました」

「俺は桜子に恋愛感情はない」

きっぱり言われて、私は曖昧《あいまい》に頷《うなず》く。

「話を戻そう。紫穂、料理を作りに来てくれないか？」

「……私でよければ」

北斗さんが母にしてくれたことを思えば、料理を作りに行くことくらいなんでもない。ただ……北斗さんに近づけば近づくほど、好きという気持ちが抑えきれなくなりそうだ。

「では、土曜日は空いている？」

「明後日の土曜日ですか……？　予定はないので大丈夫です」

あまりに近くて驚くが、私の休日は大学の時の友人とたまに会うくらいだ。彼女に最近恋人ができ、私も母が亡くなり忙しくて、二カ月ほど会っていない。

「ではランチはどうだろうか？　夕食は外で食べよう」

「そんなに長く北斗さんの時間を私が？」

「面白い言い方をするんだな」

「北斗さんは忙しいはずですから」

「だが、休日くらいはおいしいものを食べてゆっくり過ごしたい。だから、そんな風に思う必要はまったくない」

そう言って、残りの親子丼をきれいに食べてくれた。

食事が済むと、有名パティスリーのホールケーキをテーブルで切って取り分ける。

「お誕生日みたいですね」

「紫穂は九月だったな」

「はい。五月の北斗さんのほうが近いですね。お誕生日おめでとうございます」

にっこり笑って両手を叩く。

「歌ってくれないのか？」

「え？　それはだめです」

慌てて首を横に振って全力で拒否する。

「屋敷では俺や兄貴の誕生日に歌ってくれたじゃないか」

「それは小学生の頃ですから」

「一生懸命歌ってくれる姿が可愛《かわい》かったな」

「皆さんが手を叩いて喜んでくれるのが嬉しくて歌っていたんです」

使用人や執事の高橋さんもその場に集まり、手拍子を打ってくれていた。

昔を思い出すと、あの頃が一番幸せだった。

「天王寺を離れて、紫穂は大変な苦労をしてきたんだろう？」

幸せだった天王寺での生活と、その後の真逆の生活が脳裏に浮かび、表情を曇らせてしまったようだ。

「ごめんなさい。暗くさせてしまいました。もうこの話はやめましょう」

「いや、紫穂さえかまわなければ聞かせてほしい」

「……大変だったとだけ。でも、これからは自分のことだけを考えればいいので、気持ちも楽になりました。だから安心してください」

「恋人は？　好きな男性はいないのか？」

「いません。母はせ……性に関してひとりの男性では満足できなくて、奔放だったから、一度、その……経験したら私も母のようになるのではないかと怖くて……」

「君は玲子さんとは違う。母親のようにはならない」

「本当にそうならないかは北斗さんにだってわからないです。私は母と同じ遺伝子が……血が流れているんです」

ずっと思っていたことだった。だから、今まで男性と交際したことがない。

「紫穂、君は玲子さんにまったく似ていないよ」

「ふふっ……ごめんなさい。変なことを言ってしまいました。ずっと不安だったんです。誰かに聞いてもらいたい。でも、こんな話は友達にもできなくて……。北斗さんに聞いてもらえて少しすっきりしました」

「紫穂……」

北斗さんの眉は微《かす》かに寄り、額に小さな皺《しわ》ができた。

「そんな顔をしないでください。北斗さんに充分なことをしてもらって申し訳ない気持ちでいっぱいなんです。手料理を食べたい時は喜んで作りに行きますし、うちにも食事に来てください。北斗さんは唯一、私を気にかけてくれるお兄ちゃんで幸せです」

北斗さんを〝兄〟としてみなくては。彼も私を〝妹〟として、心配してかまってくれているのだろうから。

「土曜日は何を食べたいですか？」

にっこり笑ってからフルーツケーキをフォークにとって口へ運ぶ。

「わ！　すごくおいしいです。で、リクエストは？　今じゃなくてもいいですよ」

「……そうだな、煮魚と筑前煮が食べたい。ザ・和食で王道だろう？」

「はい。それなら私にも作れます」

難しいメニューでなくてホッとする。

「よかった。材料は冷蔵庫に揃えておく」

「買っていきますよ？」

「大丈夫だ。コンシェルジュに頼めば用意してくれる」

「すごいマンションなんですね」

天王寺家の者なら、最高のマンションに住むはずだ。離婚の際、継父が購入してくれたタワーマンションもとても豪華な設備だった。

急に我が家が恥ずかしくなる。

「すごいかはわからないが、都会の中にいながら緑に囲まれていて気に入っている。では土曜日、迎えに来よう」

「迎えに来るなんて、面倒ですよ。平気ですから。その分、休んでもらったほうが嬉しいです。住所を教えてください」

「……わかった。あとで住所をメッセージで送っておく」

北斗さんは納得がいかない様子でもあったけれど、諦めてくれたようだった。

ケーキをコーヒーと一緒に食べた後、北斗さんは帰って行った。

キッチンに立ち洗い物をしていると、いつになく心の中に温かい感情が広がっている。

心臓が一拍一拍強くなり、知らず知らずのうちに微笑んでいる自分に気づいた。

母がしたことは、本当に申し訳なく恥じるばかりだが、北斗さんはこんな私を心配してくれている。

数日前、彼に近づきすぎてはいけないと肝に銘じたのに、どんどん引き寄せられている……。

大丈夫……妹に徹すればいいだけ。

母の奔放な部分を私も受け継いでいないか、ずっと心に留めておいたのに、優しい北斗さんについ話してしまった。

私も違うと思いたい。けれど、経験していないからわからない。

母と同じ道をたどりそうで怖かった。

四、心が安らぐひと時

土曜日、十時に自宅を出て最寄り駅に向かう。昨晩は北斗《ほくと》さんの自宅に行くと思うとドキドキして寝付けなかった。

独身男性の家に行くなんて初めてだから……。

もうすぐ梅雨入りすると天気予報が出ているが、今日は晴天で足取りも軽くなる。

手には昨晩作ったクッキーが入ったショッパーバッグを持っている。

最寄り駅から北斗さんの住まいのある駅までは、電車を乗り継いで四十分ほどかかるようだ。

今日の装いは、ライトブルーの半袖のカットソーにクリーム色のワイドパンツにした。カットソーの襟はスクエアで、一昨日、北斗さんからお土産にもらったハイブランドのネックレスをつけた。

ローズゴールドの鎖《チェーン》にペンダントトップはダイヤモンドが横一列に大小連なってい

る。カジュアルにも身に着けられるネックレスだが、私には買えない高価な物だ。北斗さんが帰宅してから、お土産を開けたので、見た瞬間びっくりして箱を落としそうになった。

これは受け取れないと、北斗さんが帰宅した頃を見計らって電話を掛けたが、『紫《し》穂《ほ》のために買ったのだから受け取ってほしい』と言われ、ありがたく頂戴することにした。

北斗さんの住まいのある最寄り駅で降りて、スマートフォンに送ってもらった住所を地図アプリで確認しながら向かう。

土曜日で人が多いが、代々木公園近くを歩いていると閑静な住宅地になった。

北斗さんは緑が多いから気に入っていると言っていた。本当にそのとおりだ。天王《てんのう》寺《じ》家のお屋敷も緑に囲まれていたから、コンクリートばかりでは落ち着かないのかもしれない。

地図アプリが目的地に到着したことを告げ、白い外壁の横に長い、低層階マンションを仰ぎ見た。

洗練されたデザインが目を引くマンションだ。白いタイルが緻密に敷き詰められた壁面は、太陽の光を反射し、清潔感と同時に高級感を漂わせている。

玄関前には手入れの行き届いた植栽があり、エントランスをくぐると広々としたロビーが広がっている。高い天井と大理石の床だ。

壁にはアート作品がいくつも飾られており、そのひとつひとつが独特の存在感を放ち、ここがマンションではなく美術館のように思えてくる。

ロビーの中央には、笑顔で迎える男女ふたりのコンシェルジュがいる。彼らは洗練された制服を着こなし、男性が訪問者を接客している。

「いらっしゃいませ」

「天王寺さんのご自宅に……」

「承っております。お部屋は3016でございます。エレベーターはこちらからどうぞ」

「ありがとうございます」

コンシェルジュデスクの奥には、エレベーターへと続くアプローチが見える。

まるでホテルのような対応で、こんなマンションがあるのだと驚くばかりだ。

エレベーターへ向かうアプローチも大理石で、左右の壁には美しい壁紙が張られており、ところどころに観葉植物が配置されている。

エレベーターの前に立つと、鏡面仕上げのステンレスに自分の姿が映っていると思ったのもわずかで、すぐにポンという軽やかな音と共に扉が開いた。

乗り込んで三階のボタンを押すと、エレベーターがスムーズに上がっていく。

エレベーターが三階で止まり降りた時、ホールの向こうからやって来る北斗さんの姿が目に入る。

白のサマーセーターにジーンズ姿で、社会人になってからカジュアルな姿を見るのは初めてだ。その姿を目にした瞬間、心臓がドクンと跳ねる。

「来てくれてありがとう。こっちだ」

音を吸収するフロア材の上を歩き出す。

「北斗さんの言うとおり、マンションの周りに緑がたくさんあって、穏やかな気持ちになりますね」

「紫穂も気に入ってくれた？」

「はい。ここを気に入らない人なんていないと思います」

廊下もしんと静まり返っていて、都会の喧騒《けんそう》を感じない。

「賑《にぎ》やかな場所を好む人もいるからな」

それはお付き合いしていた人のことなのだろうか……。

「ここだ。どうぞ入って」

北斗さんは玄関のドアを開けて、私を促す。

玄関の中へ歩を進めて、広々としたリビングルームに一歩足を踏み入れる。柔らかな光を放つシンプルで美しいシャンデリアが目に入る。

モデルルームのようなモダンな室内は、見るからにゴージャスなインテリアでまとめられていた。

素晴らしい部屋だろうと想像はしていたが、それを軽く上回る。

「キッチンを案内する。自由に使って。使い勝手がいいかはわからないが」

リビングルームの左手にあるオープンキッチンに目を見張る。

白を基調としたピカピカのキッチンだ。

「すごくきれいですね。お料理はされないのですか？」

「少しはするよ。きれいなのは週二回ハウスキーパーを雇っているからだ」

「こんなに素敵なキッチンでお料理するなんて緊張しちゃいます」

「自由に使っていいと言っただろう？　汚したり散らかしたりしてもかまわない。皿はここに。いや、やっぱり俺も手伝おう」

「え？　大丈夫です。やらせてください」

北斗さんが一緒だと、緊張して分量を間違えてしまいそうだ。

「休んでいてくださいね」

「では頼む。米びつはここで、材料は冷蔵庫の中だ。ソファにいるから、わからないことがあったらいつでも聞いて」

「はいっ」

北斗さんが離れると、バッグの中からエプロンを出して身に着け手を洗う。

まずは……ご飯を炊かなきゃ。

背後の作業台の下にある引き出しにある米びつから二合すくって、お米を研いで炊飯ジャーにセットする。

それが終わって、冷蔵庫から銀むつなどの食材を出して作り始める。

手際よく野菜を切り調味料を加える中で、自然と笑みが浮かんでしまう。

素敵なキッチンで料理するのって楽しい。

ここからリビングルームが見渡せ、ソファに座って読書している北斗さんの姿が目に入った。その集中している姿は、いつも以上に魅力的に見える。部屋に流れる静かな時間が心地いい。

天王寺家にいる頃、二階のリビングルームでこんな光景をよく目にしていた。

ふいに北斗さんが本から顔を上げてこちらを見る。慌てて目を逸《そ》らそうにも、わざとらしいので笑みを浮かべる。

彼の優しい視線が私の瞳にまっすぐに届き、心臓が一瞬ドキッと跳ねた。

「大丈夫か？」

「はい。もう少し待っててくださいね」

そう言って、鍋を見るふりをして視線をずらしたが、頬が熱くなるのを感じた。


四十分後、炊飯ジャーからご飯が炊けた音楽が鳴った。

その頃には、オープンキッチンとリビングルームの間にあるダイニングテーブルにお箸やグラスを置き、いつでも食べられるように準備万端にしておいた。

筑前煮はまだちゃんと味が染みていないかもしれないが、味見した時にはそれなりの風味があったので大丈夫だろう。

銀むつはしっかり煮魚の色になっている。

炊飯ジャーの音楽で、北斗さんがこちらへやって来た。

「ちょうど出来上がったところです」

「ああ、ありがとう。さっきから煮物のいい匂いが漂ってきて本に集中できなかった」

笑った北斗さんは私の席の椅子《いす》を引いて「どうぞ」と促す。男性に椅子を引かれたことなんてないから、ドキドキしてしまう。

ときめいてはだめ。北斗さんはお兄ちゃんなんだから。

「あ、ありがとうございます」

椅子に腰を下ろすと、北斗さんは対面へ歩を進めて椅子に座る。

「すごくおいしそうだ。サッと作る紫穂を尊敬する」

「尊敬だなんて。調味料は目分量なので、濃かったり薄かったりしているかもしれないです。おいしくなかったら、ちゃんと言ってくださいね。精進しますから」

「いただきます」

北斗さんは箸を持って、まず煮魚を口にする。その様子をじっと見ていると、彼は頬を緩ませて「料亭の味がする。おいしいよ」と褒《ほ》めてくれる。

「料亭の味って、褒めすぎです。ここにあったお出汁の素のおかげかもしれないですよ」

そこで天王寺家に住んでいた頃を思い出す。

長男の綾斗《あやと》さんは口に合わない時ははっきり言う人で、北斗さんは料理人の気持ちを考えて「おいしいけど、ちょっとだけ塩味が欲しいかな」と気遣いを見せていた。

そう考えると、私が作った料理も本当のところどうなのだろうと思ってしまう。

「どうした？　食べないのか？　食欲がない？」

「え？　いいえ。本当においしいですか？」

「ああ。とても。どうしてそんなに自信がないんだ？　今まで食べた中でも最高の部類に入るのに」

そう言ってもらえてようやく胸を撫《な》で下ろす。

「北斗さんは優しいから」

「俺が？　そんなことはない。それよりもネックレス、してきてくれたんだ」

「はい。こんな素敵なネックレスを身に着けたのは初めてです。ありがとうございました」

「よく似合っている。喜んでもらえて俺も嬉しい」

北斗さんは麗《うるわ》しい笑みを浮かべた後、筑前煮のにんじんを口に入れた。

昼下がりの暖かい日差しが窓から差し込み、リビングルームは柔らかな光に包まれていた。

北斗さんと私はソファに腰掛け、ホットコーヒーを片手にくつろいでいた。

「手作りのクッキーも甘さ控えめで何枚も食べられる」

北斗さんに褒められて笑みを深める。

クッキーを作ったのは随分久しぶりだった。北斗さんが喜んでくれると、私も嬉しい。

開いた窓から爽《さわ》やかな風が入ってきて、時々公園で遊ぶ子供たちの楽しそうな笑い声も届く。

「ここにいると、のんびりした気分になります」

「昼間こうしてここでゆっくりするのは一カ月のうち、一日あるかないかだ」

「今日は貴重な休日なんですね」

忙しいのに気にかけてもらえて嬉しいが、申し訳ない気持ちにも襲われる。

「紫穂の休日はどんな風に過ごしているんだ？」

「大学の友人と、たまに出掛けていました」

「過去形？」

「最近会っていないので。友人に恋人ができたり、私のほうも母の件で忙しくなったりで……」

母のことを思い出すと、目頭がじわりと熱くなって涙が出てきそうだ。

「まだ玲子さんがいないことに慣れないだろう。ひとりぼっちだと考えないでほしい。

俺がいる」

「ごめんなさい。しんみりさせてしまいました。大丈夫です。今は肩の荷が下りた感覚なんです」

明るく言ってにっこり笑うと、話を変える。

「ところで、夕食はどこへ連れて行ってくれるんですか？」

「近所に隠れ家的なフレンチレストランがあるんだ。店内は狭いんだが、雰囲気もいいしおいしいよ」

「それは楽しみです。隠れ家レストランなんて行ったことないです」

私たちはその後も他愛ない話を続け、映画や音楽の話をし、楽しい時間を過ごした。

その日の夜、北斗さんは近所にある隠れ家的なフレンチレストランへ連れて行ってくれ、私にとって特別なひとときを過ごした。

素敵な雰囲気の中でおいしい料理をいただくなんてことは今までなかった。

ううん、女友達とはあったけれど、完璧で魅力的な男性とのふたりきりのディナーなんて初めてだ。

レストランを出た後、いったんマンションに戻り、北斗さんはわざわざ車で私を自宅まで送ってくれた。

自宅に帰ると、母にお線香をあげて手を合わせてから、アイスティーを入れるためにキッチンに立つ。冷蔵庫からアイスティーのポットを取り出し、グラスに注ぎながら今日の出来事を思い返す。

母が亡くなった後で、こんなに幸せを感じるとは思ってもみなかった。北斗さんと過ごす時間が、思った以上に大切で愛おしいものになっていることを実感する。

でも、兄として大事に思うならいいけれど、異性としてこんな風に惹《ひ》かれる気持ちを抱いてはいけない。

両方の想いが心を占め、胸が苦しい。

梅雨が始まり、じめじめした毎日になった。

北斗さんは海外出張が多くて忙しいようで、食事をしたあの日から二週間が経《た》つが、メッセージのやり取りだけになっている。

私としても彼に会ったら、北斗さんへの想いを募らせてしまうからメッセージのやり取りくらいがいいのかもしれない。

とはいえ、彼が母に融通してくれた治療費は、一生かかっても返しきれないほどの恩がある。

北斗さんの『それなら俺が会いたい時に会ってくれないか？　食事でもしよう』という提案を、あの時は頭の中が整理できてなくて受け入れざるをえなかったが、彼の忙しさを考えればその約束に見合うほどの機会はないのかもしれない。

もちろん料理を作ったり会ったりするのが、融通してくれた金額に見合うわけではないことは充分わかっている。

やっぱりこのマンションを売って、治療費を返さなければならないと思う。

翌日。

土曜日の今日は休日だ。梅雨の晴れ間で、シーツなど大きなものを洗濯する。母のクローゼットも片付けたので、家事を終えるとすでにお昼になっていた。ランチをカフェで食べることにして家を出る。

駅前にあるカフェで持ってきた本を読みながら食事をし、その後、不動産会社の店舗に立ち寄って自宅マンションの査定を依頼した。

営業の男性は親切に対応してくれ、翌日の十三時に自宅訪問の約束を取り付ける。

その夜、ここが売れたらどこかに移り住まなくてはならないので、ダイニングテーブルでノートパソコンを開いて物件を見ていた。そこへ北斗さんからスマートフォンに電話がかかってきた。

《紫穂、明日は空いている？》

明日……明日は不動産会社とアポがある。

「ごめんなさい。明日は用事があって……十五時くらいには終わるのですが」

《用事か……それなら仕方ない。明日も天気がよさそうだから、ドライブでもと思ったんだ》

ドライブの誘いは魅力的で、行きたい気持ちは大きい。でも、不動産会社との約束を優先しなければ。

「残念です……いつでもと言っておきながら、すみません……」

《いや、いいんだ。ドバイに行っていたから連絡がなかなかできなかった。土産も買ってきたんだ》

北斗さんの声色は残念そうじゃなくて、断った私のほうががっかりしている。

「お土産は嬉しいですが、北斗さんはお忙しいのですから、私に気を遣わないでください」

《なぜ?》

「なぜって……遊びで行っているわけじゃないので……」

すると、電話の向こうで北斗さんの笑い声が聞こえてくる。

《たしかに遊びで行っているわけじゃないが、土産を買う時間くらいはある。また連絡する。戸締まりはちゃんとしているだろうな?》

「もちろんです」

《じゃあ、おやすみ。また連絡する》

「はい……おやすみなさい」

通話が切れてスマートフォンをテーブルの上に置き、無意識にため息が漏《も》れる。

北斗さんは私が天王寺家にいる頃から、出掛けるとお菓子や女の子が好きそうな文房具などのお土産を買ってきてくれていた。

彼にとっては、やっぱりあの頃と同じ感覚なのかもしれない。

でも今思えば、北斗さんは可愛い文房具をどんな顔をして買っていたのだろう。

翌日、約束の十三時に昨日の営業の男性が自宅を訪れた。彼をリビングルームに招き入れ、部屋の案内を始める。男性はチェックシートにメモを取りながら、丁寧に部屋を見ていく。

男性が自宅にいたのは一時間ほどで、くまなく部屋の確認を終えた。

「査定結果をお知らせするのは少し時間がかかりますが、おそらくこのエリアと状態から見ていい価格になると思います」

それを聞いてホッと安堵《あんど》した。

「よろしくお願いいたします」

玄関で男性を見送ってリビングルームに戻り、テーブルの上のコーヒーカップをキッチンへ持っていき丁寧に洗う。

ふと北斗さんを思い出す。

あの居心地のいい部屋でゆっくりできているといいけど……。

カップを洗い終えて、リビングルームのソファに座った時、センターテーブルの上に置きっぱなしだったスマートフォンが鳴った。

急いでスマートフォンを手に取ると、画面には北斗さんの名前がある。

タップして電話に出る。

「紫穂です」

《紫穂、助けてくれないか？》

いきなり切実な声色で言われて、どうしたのだろうと心配になる。

「助けてって、どうしたんですか？　大丈夫なんですか？」

前のめり気味に尋ねると、北斗さんのクックックッと押し殺した笑い声が聞こえる。

「大丈夫なんですね？　もうっ、心配したじゃないですか」

《助けてほしいのは本当だよ。和食が食べたくて仕方ないんだ。夕食を作ってもらえないだろうか？　そっちへ行く。あ、用事は済んだのか？》

北斗さんなら高級料亭でも難なく行けるのに……でも、食事を作ることも彼への恩返し……。

「用事は終わったので、夕食を作ることくらい全然問題ないです」

《よかった。では、二時間後くらいでいいか？》

「はい。リクエストはありますか？」

《紫穂に任せる。簡単な料理でいいからな》

そう言って通話が切れた。

簡単な料理といっても……。

ソファから立ってキッチンへ入り、何が作れるか食材を確認する。昨日、不動産会社の帰りにスーパーに寄ったので、材料はいつもよりはある。

ざっと見て何を作るか決めて、炊き込みご飯の準備に取り掛かった。

十七時三十分過ぎに、北斗さんはやって来た。半袖の黒のTシャツにグレーのチノパンで、半袖から覗《のぞ》く腕の筋肉に一瞬目を奪われる。

今日も有名パティスリーのショッパーバッグを手渡される。

「ありがとうございます。でも、北斗さん。毎回ケーキを買ってくる必要はないですよ。それに海外のお土産も……」

「遊びに行って手土産のひとつも渡せないなんて俺には無理だ」

麗しい笑みを向けられて、心臓が暴れそうになる。

「あと少しで出来上がるので、ソファで待っててくださいね」

「お線香を上げたら手伝うよ」

「大丈夫ですよ」

断ったが、北斗さんは母の祭壇に両手を合わせると、キッチンにいる私の隣へやって来た。

「父さんと兄貴から香典を預かってきた。祭壇の上に置いておいたよ」

「おふたりから……？　でも、おじ様は今ドイツにいるのでは……？」

蒸し器のあるガス台へ行こうとした足を止めて、北斗さんへ顔を向ける。

「数日、日本に戻っていると連絡があったから、屋敷に行ってきたんだ。紫穂に会いたいと言っていたんだが、ここへ来るのは君の気持ちを考えてやめておくことにしたようだ。お返しなどは考えなくていいから」

「でも、四十九日を過ぎたら北斗さんのお返しも考えていたんです」

「もちろん俺のもいらない。さあ、どれを運べばいい？」

甘えてばかりはいられないのに……。

とりあえず今はお返しの話は置いておいて、料理を食べてもらおう。

「えーっと……、今茶わん蒸しを」

気もそぞろだったせいで、蒸し器の蓋《ふた》の取っ手を掴《つか》んで開けた。次の瞬間、湯気が腕に当たり、蓋を落としてしまう。

「熱っ！」

「紫穂！　大丈夫か!?」

北斗さんの腕が腰に回って引き寄せられた。

「ああ、少し赤くなっているな、冷やしたほうがいい」

「だ、大丈夫です。驚いただけで……」

右手が蛇口の水で冷やされる。

たしかに熱かったことは熱かったが、やけどというほどではない。それよりも北斗さんがピッタリと背後に立っていて、背後から覗き込むような立ち位置にいるから、心臓がものすごい速さで暴れている。

「このまま水を当てているんだ」

北斗さんが離れて、落とした蓋を拾い上げてシンクの中に置き、用意していた鍋掴みに手を入れて、蒸し器の中の茶わん蒸しを取り出してくれる。

「ありがとうございます。もうなんともないです」

蛇口の水を止めてタオルで拭く。

「一瞬、肝を冷やした。普段も怪我《けが》には気をつけて。何かあったら大変だ」

「いつもはこんな粗相はしないんです」

「今のを見ていたらどうだか」

そう言って北斗さんは笑った。

テーブルに鶏肉の炊き込みご飯、玉ねぎのお味噌汁、茶わん蒸し、豚の生姜焼きに千切りのキャベツを添えた一皿の用意ができて、椅子に座った。

「簡単でいいと言ったのに、豪華じゃないか」

「私が食べたかったんです。どうぞ、温かいうちに召し上がってください」

「いただきます。ありがとう」

北斗さんは「おいしい、味付けが完璧だ」と褒めてくれ、鶏肉の炊き込みご飯をもうひと口食べる。

「紫穂、俺の奥さんにならないか？」

「え？　じょ、冗談はやめてくださいっ。和食の料理人を雇った方がずっとずっとおいしいですよ」

一瞬ドキッとしたけれど、からかわれたのだろうと笑った時、どこかでスマートフォンの鳴る音がした。私の着信音じゃないから、彼のスマートフォンだ。

彼がポケットからスマートフォンを出して着信の相手を確認している。

「すまない。電話に出る」

北斗さんは席を立って、リビングルームの窓辺に歩を進めながら電話に出たと思ったら、すぐに戻って来た。

仕事だったらここで着席したまま電話に出ればいいのに、あえて離れたということは女性からではないかと邪推してしまう。

でも電話のおかげで、北斗さんの冗談を真に受けないように心を落ち着かせることができた。

「北斗さん、ご飯のおかわりはいかがですか？」

「いただくよ。紫穂、食事が終わったら屋敷へ行かなくてはならなくなった」

「先ほどの電話……ですか？」

「ああ。だが、急いで食べなくてはならない用事じゃないから」

そう言って、茶碗が差し出される。腰を上げて彼から茶碗を受け取ってキッチンへ向かい、鶏肉の炊き込みご飯をよそって戻った。

「ありがとう」

「お屋敷にはおじ様も綾斗さんもいらっしゃるのでしょうか？　お香典のお礼をお伝えしていただいてもいいですか？」

「ああ。伝えておく。ところで、今日の用事は無事に済んだのか？」

「はい。実はこの家は私には広すぎるので売却をしようと思って」

北斗さんにお金を返すためと言ってはだめだ。自分が理由だと知ったら、きっと反対すると思うから。

「そうか……仕事は順調なのか？」

「契約派遣社員なので、あと二カ月後には今の会社の契約期間が切れます。また本部から派遣先を紹介してもらって働くことになります」

「紫穂は有名大学を卒業しているだろう？　待遇や福利厚生はよかったんじゃないか？　なぜ契約派遣社員を？」

どうして私が有名大学を卒業したのを知っているの……？

そう考えたが、すぐに母が北斗さんに話したのだろうと察した。

新卒の一年目でありながら、お給料やボーナスはコーヒーショップや現在の広告会社よりもずっとよかった。

職業を選べないのは母の元恋人のせいだ。でも、それを北斗さんに話す必要はない。

「色々な職種を学んで、自分に合った仕事を見つけるためです」

「なるほど。で、自分に合った仕事は見つかったのか？」

そう言われて、首を左右に振る。

「まだです。もう二十七にもなって恥ずかしいですが」

「そんなことはない。じゃあ、今の会社の契約期間が終わった後のことは、まだ決まっていないんだな？」

「はい。少し自分を見つめ直そうかなとも思っています。今までは気持ちが落ち着かなかったので」

「玲子さんのことで大変だったからな」

北斗さんは食事が終わると椅子《いす》から立ち上がる。

「ごちそうさま。おいしかったよ。ゆっくり話したかったんだが」

「いつでも食べに来てください。おじ様と綾斗さんに、お気遣いありがとうございました とお伝えくださいね」

「ああ。わかった」

そう言って、北斗さんは小さく笑みを漏《も》らして帰って行った。

ソファに置いたドバイのお土産を開けてみると、前回シドニーで買ってきてくれたネックレスと同じブランドのピアスだった。

ピアスは一粒のダイヤモンドで、高価すぎるお土産に再び困惑した。

今すぐ電話をしたいところだが、運転しているはずだし、お屋敷に着いてからもおじ様がドイツから帰国しているから、ご家族で積もり積もる話があるだろう。

ふと、北斗さんの言葉を思い出す。

『紫穂、俺の奥さんにならないか?』

絶対にありえないのに、そんなこと冗談でも言わないでほしい。

北斗さんと再会してからどんどん惹かれていって、妹に徹しなければならないつらさが増していく。

月曜日の朝、いつもどおりに丸の内にある会社へ行き、佐藤さんに頼まれた旅行社の市場調査のデータ入力を始める。

佐藤さんは旅行会社から提供されたトルコの写真の選別をしている。

金曜日まではトルコのいいところや悪いところのデータを打ち終え、今日からはおすすめ観光スポットなどのアンケートの整理から始まった。

読み進めながらパソコンに打ち込んでいく。

観光スポットはネットで勉強していちおう頭に入っていたので、アンケートを読めば読むほどその場所に行ってみたくなる。

十八時の退勤時刻になり、残業する佐藤さんや他の社員に「お先に失礼します」と声をかけて会社を出た。ロビー階のセキュリティゲートを通って数歩進んだ時、背後から私を呼ぶ男性の声がして、ビクッと肩が跳ねる。

この声は……!

聞こえないふりをしてビルの出口に歩を進めた矢先、再び「樫井《かしい》紫穂さん」と声がした。さらにもう一度名前を呼ばれて肩を掴まれ、立ち止まらざるを得なくなった。

「紫穂さん、無視するなんてひどいな～」

仕方なく肩に置かれた手を払いのけるようにして振り返り、声の主をキッと睨《にら》みつける。

「もう二度と会わないと約束したはずです」

「そんな約束なんてしてないけど？」

その男は母の元交際相手で、大手自動車会社に勤めていた時に何度もお金の無心にやって来た元ホストの島本《しまもと》という男だった。

「話が違います！」

「でも来ちゃったんだよね～」

ニヤニヤしている男に背筋がヒヤリとなる。

「今さ～金欠なんだよね。また金を融通して――」

「できません！」

「そんなつれない態度しないでさ、用立ててよ。百万で勘弁してやるから」

強く拒絶するも、男はなんとも思っていない様子で、もっと距離を詰めてくる。

「離れて！　母は亡くなったんです。私が払わなくてはならないお金なんてありませんっ！」

「へー、玲子さん亡くなったんだ。でも、そんなの関係ないんだよ。俺はいつでも紫穂さんの前に現れるからな。明後日のこの時間にまた来るから金を用意しておけよ。じゃないと、金をくれるまで付きまとってやるからな。玲子さんのことを会社の人間に知られたくないだろ」

男は私の肩をポンポンと叩《たた》いてから立ち去った。

付きまとってやる……？　お母さんのことを会社に言う……？

以前もそう言ってあの男は脅してきて、私は五十万を用意しなければならなかった。

もう二度と嫌だ……そう思うけど、母の弱み……私は見たことがないけれど、母とあの男のセックスシーンの動画があると言う。本当かどうか疑わしいけれど、性に奔放だった母ならありえるのが悲しい。

私はどうしたらいいの……？

頭の中は島本の脅し文句でいっぱいで、なんとか電車に乗り込み家に向かう。

あの男が現れたことによって気持ちが落ち着かず、電車に揺られている時でさえ、すぐ近くにいるのではないかと周囲が気になって仕方がない。

百万円なんて絶対に渡せない。けれど、渡さなければどうなるかわからない。

警察に行く……？

でもそうなったら、母の失態が会社にバラまかれてしまう。契約期間は二カ月残っているが、お金を渡さないのなら派遣社員を辞めるしかない。

元々、こういうことが起こりかねないから、派遣会社に登録したのだ。

今の会社をすぐに辞めて、マンションに戻らずに他に住まいを借りて逃げてしまおうか。

そうすれば母の動画をネタに脅す意味がなくなる。万が一、バラまかれたとしても私はもういないのだから、辱《はずかし》めを受けることはない。

……ううん。逃げちゃだめ。絶対にお金は渡さないと断固拒否をするのよ。これ以上、母の動画をネタにゆすられてはだめなのだ。

今回お金を渡せば、また同じことを繰り返される。

次に脅してくるようであれば警察に行くと強く言おう。

翌日、出社すると、エレベーターを降りたところで経理課の三十代の女性と会い「おはようございます」と挨拶《あいさつ》をする。

女性はにっこり笑って「おはようございます」と言った後、「樫井さん、恋人が迎えに来ていたのね」と言われて目を見開く。

「え？」

なんのことかわからず立ち止まって首を傾《かし》げる。

「昨日、迎えに来ていたでしょう？」

「こ、恋人じゃないです。ただの知り合いで……ばったり会って」

島本と話をしているところを見られていたのだ。

「あら、そうだったの。てっきり恋人かと思ったわ」

そう言って、経理課の女性はＩＤカードを入り口のボックスにかざして、開いたドアから入室する。その後に続いてドアをくぐり席に向かうと、デスクの一番下の引き出しにバッグを入れた。

まさか見られていたなんて……。

大手自動車会社に勤務していた頃のことが思い出され、吐《は》き気がこみ上げてくる。受付だったから、島本は頻繁に現れた。嫌がらせだとわかってくれている先輩もいたけれど、ひとりの先輩が私がホスト狂いだと噂《うわさ》を広め、いづらくなったのだ。

中傷されたことがトラウマになり、人間関係でしばらく精神的な苦痛があった。

別に見られても大丈夫。あの頃と今とでは違う。

私は自分にそう言い聞かせる。

あれから私も成長したし、ここにいるのも残り二カ月。今は島本に断固とした態度を見せつけて諦めてもらうしかない。

あの頃、母は真剣に向き合ってくれなかったが、今回も頼れるのは自分しかいないのだ。もうあの男の思いどおりにはさせない。

その日の退勤時も島本が現れるのではないかとヒヤヒヤしていたが、姿は見えなかった。明後日と言うからには、今日は用事があるのかもしれない。

帰宅後、軽く夕食を食べてからお風呂に入り、あとは寝るだけになったところで、北斗さんから電話が入った。

「北斗さん」

《一昨日はすまなかった》

「……謝ることなんてないです。北斗さんが忙しいのは充分承知していますから」

《紫穂、声が沈んでいるように聞こえる。玲子さんを思い出していたのか？》

北斗さんは鋭《するど》いから、心配をかけないよう気をつければ……。

「少し寂しくなっただけです」

島本の件を憂慮していたせいだったが、脅されているなんて話せない。

「あ、ドバイのお土産ありがとうございました。ピアスすごく可愛いです。でもダイヤモンドだなんて、本当にチョコ程度でいいので気にしないでください」

《今度会った時に、ピアスをつけているところを見せてくれ。チョコのリクエスト承ったよ》

「はい。おいしそうなチョコ待ってます」

北斗さんのおかげで少し気持ちが楽になった気がした。


翌朝、目覚まし機能で鳴る前に起きたのは、あの男のせいだ。なかなか眠れずに寝返りばかり打っていた。

会社を休みたい気持ちもあるが、それだと負けてしまったように思えるので、ベッドから出て支度をして会社に向かった。その日は集中できなくて、仕事で桁を間違えるミスをしてしまった。提出する前に自分のミスに気づいてよかった。

退勤時間が近づくにつれてドキドキしていた心臓が暴れ始める。

「樫井さん、今日具合が悪かった？」

帰り支度をしていると、隣の席の佐藤さんに尋ねられ、首を左右に振る。

「そんなことないです。お昼ももりもり食べていたじゃないですか」

いつもはお弁当だが、今日は佐藤さんと外に出て、パスタランチを食べてきた。

「そうだったわね。細いけどしっかり食べるものね。うらやましいわ」

食べても太らないのは恵まれている。母もそうだったことを思い出す。

やっぱり私と母は似ているのかもしれない……。

ふとそんなことを考えてしまった。

「おつかれさま」

「では、お先に失礼します」

佐藤さんに挨拶をして、重い気持ちのまま椅子から立ち上がった。


いつものようにロビー階でセキュリティゲートを通ったところで、柱に寄りかかっている島本を目に留めて、下唇をキュッと噛《か》む。

ロビーで話すのは避《さ》けたい。

私から島本に近づき「付いてきてください」と言って歩き始める。その足は震えていて、どうか気づかれませんようにと願いながら、ビルに囲まれたベンチのある休憩スペースへ向かう。

怖がっていると思われたら、見くびられる。

ランチ時間などはここにあるいくつかのベンチで会社員が食事をしているが、退勤時刻の今は誰も座っていない。だが、通行人が多いので安全だと思い連れてきたのだ。

「よっぽど会社の者には見られたくないんだな」

背後で愉快そうに笑う声が聞こえる。

「すぐに金をよこせば消えるって言うのに」

歩を進めていた足を止めて振り返る。

「お金は払いません！」

「なんだって⁉」

強い口調で言い放った私に島本は険しい顔になり、掴みかかられそうなところを後退する。

「会社に動画や写真をバラまいてもいいのか？」

「警察に通報されたいんですね？　これ以上脅せば警察へ行きます」

侮られないように厳しい表情を見せるが、島本は鼻で笑う。

「何もしていないのに警察が取り合うわけないだろ。おとなしく金を払えばいいんだよ！　この場でお前をさらって暴行しようか？」

大きな手で腕をがっしり掴まれる。

「離して！」

「黙れ！」

腕を掴んだ反対の手が挙げられて、殴られると思った瞬間、その手を背後から伸びてきた手が押さえつけた。

五、紫穂を自分のものに（Side北斗）

玲子《れいこ》さんが亡くなったことは病院の主治医から聞いていた。主治医は俺の古くからの友人だ。完治する見込みのない玲子さんの治療を頼んだのは俺で、時々彼女の病状の報告を受けていた。それは玲子さんも承知していた。

紫穂《しほ》は俺が援助していることを知らないから、もしも遺品整理をしている時にわかった際には連絡してくるだろうと考えていた。

ただ母親が亡くなったショックから、連絡はすぐではないかもしれないと思っていた。だが、紫穂は葬儀を済ませた翌日の夕方に電話を掛けてきた。

気持ちは落ちているだろうし疲れてもいるはずだ。紫穂の性格からゆっくりすることなく、整理をしたかったのかもしれない。

スマートフォンの個人的な番号は以前会った時に渡していたが、紫穂が掛けてきたのは会社の秘書室の電話番号だった。

「わかりました。お伝えしておきます」

桜子《さくらこ》は秘書室からの内線を終えた後、プレジデントデスクにいる俺の元へやって来た。

「社長、樫井《かしい》という女性からお電話があったとのことです。今後お耳に入れなくてもいい女性でしょうか？　また掛かってきた際には丁重にお断りをいたしますが？」

「いや、すぐに俺に繋《つな》げてくれ」

「え？」

「樫井は紫穂《しほ》だ」

「紫穂？　えっ、あの紫穂ちゃんですか？」

桜子は一瞬目を大きくさせたが、すぐに困惑した表情になる。

「ああ。そうだ」

そう返事をした後、スーツのポケットからスマートフォンを出し、紫穂に電話を掛ける。桜子は唖然《あぜん》としたまま俺を見ている。

「戻っていいぞ」

彼女はハッと我に返り、頭を下げてドア近くにある自分のデスクに戻った。

電話に出た紫穂は俺からの電話に戸惑っていた。

通常アポのない者からの電話は海外出張中だと言うようになっている。紫穂もそう伝えられたのだろう。だからすぐに折り返し電話が掛かってくるとは思ってもみなかったようだ。

紫穂と話をして、今夜弔問に伺うことになった。通話を切ってから、桜子に香典袋と弔問の花を至急用意するように頼む。

「どなたか亡くなったのですか？」

「紫穂の母親だ」

「まだお若いはずですが……弔問に行く必要はないのでは？」

「病気で亡くなったんだ。一時期でも俺の継母だった。天王寺《てんのうじ》家を代表して弔問をする。二十時半には出たい。すぐに用意を頼む」

「……かしこまりました」

桜子は父と玲子さんとの離婚の経緯を誰かから聞いたのだろう。

腑に落ちない表情で頭を下げた桜子は踵《きびす》を返してデスクに座り、手配を始めた。

紫穂は肩甲骨ほどまであった髪を、肩につくくらいの長さに切っていた。こんな時に不謹慎だが可愛《かわい》いと思ってしまった。いや、紫穂は俺が今まで出会ったどの女性より可愛い。

最初に出会った時も、今くらいの髪の長さだったことを思い出す。

彼女は俺に連絡した用件はすぐに切り出さずに、夕食を作ってくれていた。

母親が亡くなったせいか、心なしか顔色が悪いし、やつれた感じを受ける。

振る舞ってくれたハヤシライスはおいしかった。

三年前に会った時は、取り付く島もないほど素っ気なかったが、それは彼女の本心ではなく、母親の行いを恥じていたたまれない気持ちだったのだと理解している。

本来は明るくよく笑う女の子だった。

食事をしながら、父が再婚してドイツに住んでいることを話すと、紫穂は小さく笑みを浮かべた。

「母がお継父《とう》様……いえ、おじ様を苦しめた分、幸せになっていただけたら私も嬉しいです」

やはり紫穂は母親の行いを恥じて、今でも申し訳ない気持ちでいっぱいなのだろう。

そして彼女は母親のがん治療に関する費用を昨日知ったと話し、驚くことに母親が俺を脅《おど》して金を融通したのかと懸念していた。

「脅すって、俺の弱みを握られていたと？」

「はい。そうでなければ母の口座に二千万もの大金を振り込むだなんておかしいです」

「脅されていたわけじゃない。玲子さんは治療をして治ることを考えていたから、援助しただけだ」

ひとえに、紫穂のためだった。

「でも、天王寺家にひどい仕打ちをした母を援助する必要はないのに」

「そうだな……玲子さんのしたことは常識ではありえないことだった。だが、俺が援助した理由は彼女のためじゃない。紫穂、君のためだ」

「え？　私の……ため？」

彼女の目は驚きと戸惑いで大きく見開かれている。

「ああ。玲子さんが治療を望めば高額な医療費がかかる。紫穂は母親のためなら身を粉にして働いて治療を受けさせようとするだろう？　天王寺家を出て苦労した君を助けたかった」

紫穂は黙ったまま目を伏せた数十秒後、ゆっくりと口を開いた。

「北斗さん……ごめんなさい」

「謝らないでくれ。むしろ援助してあげられてよかったと思っている。俺が紫穂にしてあげたかったんだから。頭を上げてくれ」

「ちょ、今は……気持ちの、整理が……ごめんなさい……」

紫穂は顔を伏せたまま首を左右に振るが、涙声のように聞こえて思わず椅子《いす》から立ち上がり、衝動のままに椅子に座る彼女に腕を回して抱きしめた。

泣いている顔を見せないようにするのは、天王寺家にいた頃の紫穂のようだった。

母親から理不尽なことで叱《し》られて泣いている紫穂だ。

しかし腕の中にいる彼女はもう大人の女性。俺は紫穂を忘れられずにずっと見守っていた。

今日会って、やはり俺は紫穂を愛しているとわかった。

「つらい気持ちを無理にしまい込もうとしなくていいんだ」

「……ありがとうございます。昔の北斗さんを思い出しました」

泣いている紫穂を見て昔のようだと思った俺と同じく、彼女も慰《なぐさ》めていた少年の頃の俺を思い出したようだ。

母親にかかった金の件は、俺が会いたい時に会ってくれればいいと提案した。紫穂に会う絶好の口実になる。

彼女はいつでもと言った。それが融通した金に見合うとは思っていないとも。

翌朝、シドニーへ出張のため羽田空港《はねだ》へ向かっていた。

出張には桜子も同行する。男女ふたりでの出張ということもあり、社内では恋人同士だと噂《うわさ》が絶えないのも知っている。しかし、俺が彼女に好意を寄せたことはないし、親戚で秘書の関係だと割り切っている。

アメリカの大学に留学中、桜子から「愛している」と告白をされ、「妹にしか思えない」と断ったが、「セフレではだめなのか」とも懇願されていた。それこそありえなかった。

あれ以来、俺の秘書になってからは仕事に徹し、桜子のプライベートはわからない。桜子は美人で仕事も完璧にこなす。男から見たら少し可愛げのない女に見えるし、俺の秘書としてキャリアを積んでいる彼女は、そこら辺の男よりもいい給料をもらっている。

桜子は周りから見ればすべてにおいて完璧で高嶺《たかね》の花だが、幼い頃から一緒にいる俺は彼女のもろさや虚勢を張って生きているのを知っている。天王寺家の出身である彼女の祖母から、厳しくしつけられていたせいもあるのだろう。

フライトは羽田空港を八時三十五分に離陸し、シドニー国際空港には二十時十五分到着予定だ。

シドニーでのビジネス展開と現地パートナーシップの強化が今回の目的になる。

「明日は現地の物流施設を見学し、港湾当局の代表者と会談。シドニー港の運営や貿易インフラについての情報収集を行う予定です。シドニー港近くのレストランにて現地のビジネスリーダーとの夕食会に出席になります」

などと、広い後部座席で並んで座る桜子は、三日間の行程を確認する。

スケジュールチェックが終わった後、桜子は「昨晩紫穂ちゃんの様子はいかがでしたか？」と尋ねてきた。

「大事な母親を亡くしたんだから傷心していたよ」

「彼女は……もう二十七ですよね？　結婚を約束している男性がいそうだわ。小さい頃から可愛らしい顔立ちだったので、今もそうなのでしょうね」

「恋人の存在は知らない」

いや、いないのは調査報告書に書かれていた。母親が入院前も入院中も、彼女は自宅と会社、病院、近所のスーパーしか出掛けていない。恋人がいる様子は微塵《みじん》も見られなかった。

「知る必要はありませんわね。単なる数年間の義理の妹だったのだから」

そう言って、桜子は麗《うるわ》しく笑みを浮かべた。

シドニー国際空港に到着した時には夜の帳《とばり》が下り、迎えの車でまっすぐオペラハウス近くの五つ星ホテルに向かった。

ホテルに到着し、俺をラウンジで待たせ桜子がチェックインカウンターへ向かう。

少しして戻って来た桜子は浮かない顔をしていた。

「スイートルームは取れているのですが、私の部屋がオーバーブッキングで取れていませんでした……ちゃんと予約をして返事もいただいていたのですが……」

「満室なのか？」

「はい。スイートルームは二部屋ありますし、私が一部屋に泊まっても問題はないとホテル側が判断したのではないでしょうか」

スイートルームにふたりで？　それは絶対にだめだ。

俺はソファから立ち上がる。

「秘書と同じ部屋は絶対にないし、そんな判断をホテル側がするなどおかしいだろう。カウンターでもう一度確認してくる。一部屋くらいあるだろう」

男性秘書であれば仕方ないと受け入れていただろうが。

「わ、私がもう一度行ってきますので、社長はこのままお待ちください」

桜子は慌てた様子で俺から離れてチェックインカウンターへ戻っていった。

数分後戻って来た彼女は、いつもよりはランク下の部屋が空いたから取ったと話した。

「スタンダードのシングルルームか。明日スーペリアクラスが空いたら移れるようにカウンターに伝えておくんだ」

「わかりました」

エレベーターホールへ足を運び、パネルの最上階のスイッチを桜子は押す。

「今日は遅いからこのまま自分の部屋へ行くといい」

「いえ、社長が泊まる部屋の点検は秘書の務めです」

桜子が俺の秘書になった時から出張先の部屋に不備がないか確認したのち、俺にコーヒーを入れてから退出していた。

そこで最上階に到着し、エレベーターを降りた。このホテルは何度も利用しており、案内板を見なくともスイートルームにたどり着ける。

しかし、ホテルの勝手な対応で、次回は別のホテルを視野に入れなければならないだろう。ここのスイートルームは気に入っていたんだが。

部屋に入り、桜子は俺のキャリーケースが届いているのをチェックしてから室内に歩を進め、テキパキと足りないものがないかを確認していく。

スイートルームの不備はホテルにとってあってはならないことだから、何かが足りないことなどないのだが。

桜子が戻って来てカウンターでコーヒーを入れ始めた。

俺はその間、キャリーケースをベッドルームへ持っていく。床には手織りの高級カーペットが敷かれ、その上を歩くたびに足元から贅沢《ぜいたく》さが感じられる。

リビングルームに戻り、豪華なカーテンがまだ開けられたままの窓際に歩を進めて外を眺《なが》める。

日本と季節が反対の今のシドニーは初冬で、窓の外にはシドニーの名所であるライトアップされたオペラハウスやハーバーブリッジが見える。

夜景を眺めていた俺はガラス窓に桜子の姿を認め振り返った。その瞬間、彼女の腕が俺の腰に回り抱きつかれた。

「桜子、離れろ」

「どうして……どうして、私じゃだめなの？　小さい頃から北斗さんしか見えていないのに」

「悪いが君とは兄妹の感情しかない。桜子、なぜ突然？　俺は君に応えてやれない。

諦められないのなら別の部署に異動してもらう」

桜子が顔を上げる。

「別の部署に？　それは絶対に嫌」

「ならば俺に好意の感情を向けるな」

彼女の華奢《きゃしゃ》な腕を腰から引き離してカウンターへ行き、棚にあるバーボンの瓶を手にしてグラスに注ぐ。

「綾斗さんも北斗さんも、結婚をして天王寺家の跡継ぎをもうけなければならないんじゃないの？」

バーボンのグラスを持つ手がぴくっとなる。

まさか？　お祖父《じい》様の命令をなぜ桜子が知っている？

「だからといって、桜子と結婚しようとは思っていない。酷な言い方だが、俺は愛している女性とじゃなければ結婚しない」

「……」

桜子は切れ長の目で俺をじっと見つめ、口を開く。

「わかりました。すぐに想いは断ち切れないけれど、北斗さんの秘書は続けていたいから……望みのない恋は諦めるわ」

凛《りん》とした表情で桜子は頭を下げ、スイートルームを出て行った。

彼女が出て行くとピリッとした空気がなくなり、バーボンのグラスを手にソファに腰を下ろす。

桜子はまだ俺を諦めていなかったのか。大学の頃から十年近く経《た》つというのに……。

重いため息が俺の口からこぼれた。


三日間のシドニー滞在は忙しく、昨日のことがなかったかのように桜子もいつもどおり秘書に徹していた。

気まずさを微塵も見せずに精力的に秘書としてサポートする姿勢は、やはり完璧な秘書だ。

つくづく強い女性だと思う。

桜子の気持ちに応えてやれないのは申し訳ないが、彼女に言ったとおり、俺は愛している女性とじゃなければ結婚はしない。

祖父の命令を誰かから聞いたのかと思ったが、天王寺家ともなれば跡継ぎは絶対に必要だろうと、単なる憶測から出た言葉だったのかもしれない。

帰国した翌日の十九時に紫穂へ電話を掛けて食事に誘ったが、家で食べないかと言われ頬が緩む。

途中でパティスリーに寄り、紫穂の好きなフルーツケーキをホールで購入し、彼女の家に向かった。玄関に入った瞬間、おいしそうな匂いが漂ってきて、そう口にすると、紫穂は「おいしいかどうかわからない」と謙遜した。

「手料理は嬉しいよ」

「お屋敷に住んでいないのですか？　それとも結婚して別所帯に？」

前回、その話はしていなかったのを思い出す。

「ああ。大学を卒業してからあの家には住んでいない。今住んでいるのは祖父と高橋さん、使用人たちだけだ。それから結婚はしていないよ。兄貴もハルもね」

「綾斗さんもお屋敷を出られているなんて……お祖父《じい》様やおじ様は寂しいですね」

「そうかもしれない。父さんも今ドイツにいるんだ。俺は代々木《よよぎ》のマンションに。兄貴は屋敷に近いタワーマンションに住んでいて、天王寺商社の社長になっている。ハルはニューヨークで国際弁護士として活躍しているよ」

フルーツケーキの入ったショッパーバッグを渡すと、紫穂は目を丸くさせた。彼女はケーキが好きで、小学生の頃は二個食べていたが、今はひとつで充分だと言う。

それからシドニーの空港で買ったブランドのネックレスの入ったショッパーバッグを渡す。

「お土産は嬉しいですが、こんな高そうなものを……チョコとかでいいのに……」

チョコとかでいいと言う紫穂が可愛い。

腹ペコだと話を変え、紫穂が用意をしている間に、俺は祭壇の前へ座って線香を焚き、両手を合わせた。


テーブルに着いた俺は豚汁を口に入れる。野菜のうまみと豚肉のコクが味噌に溶け出ておいしかった。すると、紫穂は俺が和食派だと思い出したようだ。

今度家に料理を作りに来てくれる約束をしたが、紫穂は困惑している。

「作りに来てくれる女性はいない。桜子も一度も今の部屋に入れたことはない」

「桜子さんはご結婚を？」

「いや、俺の秘書をしている」

秘書をしていることを隠すのもおかしく、正直に話す。

その会話の中で、紫穂は俺を素敵《すてき》だと言い、嬉しさに頬を緩ませた。

「どうして笑うのですか？」

「紫穂が、俺のことを素敵だと言ったからだ。それは本心？」

「北斗さんは素敵です。初めて会った時から、かっこいいお兄さんだと思いましたし」

かっこいいお兄さんか。あの頃、そう思ってくれていたのか。だが口先だけかもしれない。

「本当に？」

「念を押すなんて、子供みたいですね。嘘は言いません。北斗さんは言われ慣れているんじゃないですか？」

「それは男のメンツにかけて内緒にしておこう」

紫穂は俺と桜子が結婚するのではないかと思っていたようだ。ここははっきり否定をしておかなければ。

「俺は桜子に恋愛感情はない。話を戻そう。料理を作りに来てくれるか？」

「……私でよければ」

明後日の土曜日に紫穂がうちに来て料理をしてくれることになった。

食事が済むと、紫穂はホールケーキをテーブルで切って取り分ける。

「お誕生日みたいですね」

「紫穂は九月だったな」

「はい。五月の北斗さんのほうが近いですね。お誕生日おめでとうございます」

彼女はニコニコと笑って両手を叩《たた》く。その笑顔は小学生の頃を思い出させる。

「歌ってくれないのか？」

からかうと即座にだめだと言われる。

「屋敷では俺や兄貴の誕生日に歌ってくれたじゃないか」

「それは小学生の頃ですから」

「一生懸命歌ってくれる姿が可愛かった」

「皆さんが手を叩いて喜んでくれるのが嬉しくて歌っていたんです」

そう口にしてから、ふいに紫穂の表情が曇る。

「天王寺を離れて、紫穂は大変な苦労をしてきたんだろう？」

しかし、苦労話はしたくないようだ。

「……大変だったとだけ。でも、これからは自分のことだけを考えればいいので、気持ちも楽になったので安心してください」

「恋人は？　好きな男性はいないのか？」

「いません。母はせ……性に関してひとりの男性では満足できなくて、奔放だったから、一度、その……経験したら私も母のようになるのではないかと怖くて……」

「君は玲子さんとは違う。母親のようにはならない」

「本当にそうならないかは北斗さんにだってわからないです。私は母と同じ遺伝子が……血が流れているんです」

彼女の言葉は衝撃的だった。そんな思いを抱えていたとは……。

「紫穂、君は玲子さんにまったく似ていないよ」

「ふふっ……ごめんなさい。変なことを言ってしまいました。ずっと不安だったんです。誰かに聞いてもらいたい。でも、こんな話友達にもできないので、北斗さんに聞いてもらえて少しすっきりしました」

紫穂は恋人を作ることを恐れている。二十七歳になってもまだバージンだ。

彼女の心の不安を払拭《ふっしょく》させるには、俺は事を急いではいけないと思った。


土曜日の昼前、紫穂が自宅にやって来た。

俺がコンシェルジュに頼んで用意した食材を調理しておいしい和食を作ってくれ、夕食は自宅近所のレストランへ紫穂を連れて行った。

ゆったりとのんびりした時間を過ごせて、紫穂といる居心地のよさを感じていた。

またすぐに会いたい。

しかしその日以降、仕事に忙殺されてなかなか彼女に会えずにいた。

二週間後の日曜日にようやく休日を確保でき、前日紫穂をドライブに誘うも、十五時くらいまで用事があるという。

短時間の用事のようだが、一体なんの用事なのか気になった。

残念だがドライブは諦め、家でゆっくりするとしよう。

電話を切り、センターテーブルの上に置こうとした時、画面が着信を知らせる。

執事の高橋さんからで、通話をタップして出る。

「北斗です」

《北斗様、旦那様がドイツから本日帰国なさいました。数日こちらに滞在なさりますが、こちらへ来られる時間はございますか？》

父さんが戻っているのか。玲子さんの件を耳に入れておいたほうがいいな。

「これから行きます」

《承知いたしました。では、お待ちしております》

通話を切った後、ポロシャツの上からジャケットを羽織り、愛車の鍵を持って家を出た。

「父さん、兄貴、久しぶり」

高橋さんに出迎えられ足を運んだリビングルームでは、父と兄貴がコーヒーカップを片手に話をしていた。

「北斗、久しぶりだな」

父がドイツへ行ってだいぶ経つが、半年に一度十日ほど戻って来て屋敷に滞在する。

「父さんは元気そうですね」

「ああ。向こうの生活が合っているんだろう」

「お継母《かあ》さんは？」

「仕事が忙しく、今回は来ていないんだ」

継母は向こうで画廊を経営している。

ここへ来れば祖父や親戚たちと会うことになるから、同行しないほうが気が楽だろう。俺はそれでいいと思っている。

そこへ家政婦がコーヒーを運んできた。

「高橋さん、お祖父様は？」

「用事でお出掛けになっております。あと二時間ほどで戻られるかと」

コーヒーをひと口飲んだ父が「父さんが一番元気なのかもしれないな」と笑う。

「綾斗は疲れた顔をしているな。仕事ばかりの人生はつまらないぞ」

父は玲子さんと別れた後、朝から遅くまで仕事をしていたが、現在の妻と出会ってからは人生を楽しみ始めたと言っていた。

「北斗もどうなんだ？　仕事も大事だが、結婚相手はいないのか？　父さんからの命令は聞いているが」

「突拍子もない命令で、俺たちは驚きましたよ」

俺の後に兄貴が頷《うなず》き続ける。

「仕事に忙殺されているのに、結婚相手を見つけるなんて無理難題ですよ。いつ見つけろというんですか」

「本当のところ、君たちが結婚をしないとしても、父さんは財産を相続させないとは思っていないだろう。要ははっぱを掛けて結婚相手を見つける気持ちになってもらいたいのだと思う」

お祖父様に関して、父の見解は今まで間違ったことはない。だが、あの時の様子では本気だと感じた。

それに俺たちは財産目当てではない。相続するほうが大変なものを背負うことになるだろう。

「父さん、話を変えますが、実は樫井玲子さんがスキルス胃がんで今月に入ってすぐに亡くなりました」

「亡くなった……？　スキルス胃がんだって？」

寝耳に水だった父は茫然《ぼうぜん》となり、兄貴も驚きを隠せない様子。

「ええ。告知後、一年半でした」

「紫穂ちゃんはどうしているのかね？　いや、そこまではわからないか」

「いいえ。留学から帰国して紫穂の様子を報告させていましたから」

口に出してみると、かなりのヤバい男に見えるな……。

すると、兄貴が笑みを漏《も》らす。

「北斗は紫穂ちゃんを気にかけていたから、その気持ちはわかる。私も長男として一度は義理の妹になった紫穂ちゃんが気にならなかったわけじゃない」

父も何度か小さく頷く。

「留学先から一時帰国した北斗は、なぜ紫穂ちゃんを引き取らなかったと腹を立てていたからな」

「理解してもらえて嬉しいですよ。興信所を使うのはやりすぎた感もありますが、結果よかったと思っています。紫穂は大変な苦労をしていました」

「そうか……。で、今はどうなんだね？　苦労させられたとしても母親だ。気落ちしているのではないか？」

「俺には見せませんが、そうだと思います」

「紫穂ちゃんと会っているのなら、香典を渡してもらえないか？」

「わかりました」

父が高橋さんを呼んで香典袋を用意するように頼んでいると、兄貴も同じく用意するように言った。

「紫穂ちゃんはどんな娘さんになっているのだろうか。弔問すればいいのだろうが、彼女は困惑するだろう。機会を見て会いたいと伝えてほしい。それから香典返しはいらないと言ってほしい」

「私の分の香典返しもいらないから」

「わかりました。伝えておきます」

しばらく経済情勢など話をしていると、父のスマートフォンが鳴り席を外す。

「どうやら北斗が俺たちの賭けの勝者になりそうだな」

確信を得た兄貴の言葉に、俺は首を左右に振る。

「紫穂は母親のせいで恋愛が怖いようだ。彼女の心を溶かすのには時間がかかる。兄貴こそどうなんだ？」

「私はまったくだ。そもそもどんな女性を選べばいいのかわからない」

堅物の兄だが、女性にはそこが魅力的に映るようでモテる。結婚は一度きりと考えているのなら、適当に選べるわけもなく、真面目な性格からして難しいだろう。

「突然雷が落ちたみたいな衝撃を受けて、電撃結婚もあるんじゃないかな」

そう言うと、兄貴はふっと鼻で笑って肩をすくめる。

「まあ、賭けの放棄は嫌だからな。最後までわからないということにしておこう」

そこへ父が戻り話を再開した三十分後、俺と兄貴は祖父に捕まる前に屋敷を後にした。


翌日の十五時三十分、紫穂の用事は終わっている頃だろうかと考え、彼女に電話を掛けた。

和食が食べたくて仕方ないから作ってくれないかと頼む。

「用事は終わったので、夕食を作ることくらい全然問題ないです」

《よかった。では、二時間後くらいでいいか？》

「はい。リクエストはありますか？」

《紫穂に任せる。簡単な料理でいいからな》

彼女に負担を掛けたいわけじゃない。和食が食べたいというのは単なる口実で、今回は父と兄貴から頼まれた香典もあった。

今日もパティスリーでホールケーキを買ったショッパーバッグとドバイの土産を紫穂に手渡す。

「ありがとうございます。でも、北斗さん。毎回ケーキを買ってくる必要はないですよ。それに毎回海外のお土産も……」

「遊びに行って手土産のひとつも渡さないなんて俺には無理だ」

それどころか、もっとプレゼントしたいというのに。

玲子さんの祭壇で線香を焚き、両手を合わせてから父と兄貴からの香典を端に置いた。それからキッチンへ行き、紫穂の隣に立つ。

「父さんと兄貴から香典を預かってきた。祭壇の上に置いておいたよ」

「おふたりから……？　でも、おじ様は今ドイツにいるのでは……？」

紫穂は蒸し器のあるガス台へ行こうとした足を止めて、俺に顔を向ける。

「数日、日本に戻っていると連絡があったから、屋敷に行ってきたんだ。紫穂に会いたいと言っていたんだが、ここへ来るのは君の気持ちを考えてやめておくことにしたようだ。お返しなどは考えなくていいから」

「でも、四十九日を過ぎたら北斗さんのお返しも考えていたんです」

「もちろん俺のもいらない。さあ、どれを運べばいい？」

「えーっと……今茶わん蒸しを」

紫穂は蒸し器の蓋《ふた》の取っ手を掴《つか》んで開けた。次の瞬間、湯気の熱さで取っ手を離して蓋は床に落ちた。

「紫穂！　大丈夫か⁉」

腰を引き寄せ、シンクに手を出させて水道水を当てる。

背後から腕を押さえていたが、「少し水を当てているんだ」と紫穂から離れ、床に落ちた蓋を拾い上げる。作業台の上にあった鍋掴みに手を入れて、蒸し器の中の茶わん蒸しを取り出す。

「ありがとうございます。もうなんともないです」

蛇口の水を止めてタオルで拭く紫穂の手をあらためて見てみると、ほんの少し赤いくらいになっており、愁眉《しゅうび》を開く。

「一瞬、肝を冷やした。普段も怪我《けが》には気をつけて。何かあったら大変だ」

「いつもはこんな粗相はしないんです」

「今のを見ていたらどうだか」

たまたまうっかりしたのだろうが、紫穂の言葉は信じられずに笑った。


簡単でいいとリクエストした料理は豪華で、どれもおいしかった。

男は胃袋で捕まえるとよく言ったものだ。俺はすっかり紫穂の料理に捕まっている。いや、料理ができなくてもかまわなかっただろう。

そんなことを考えていると、つい、俺の希望が声になって出ていた。

「紫穂、俺の奥さんにならないか？」

「え？ 冗談はやめてくださいっ。和食の料理人を雇ったほうがずっとずっとおいしいですよ」

俺の言葉を冗談に取った紫穂は楽しそうに笑った。はなから俺が紫穂を愛していると思っていないのだ。

その時、俺のスマートフォンの着信音が鳴った。

俺が紫穂をどう思っているかを話すチャンスだったのに、スマートフォンを手にしてみると桜子だった。わが社は世界中に支社があるため、緊急の業務かもしれず出ないわけにはいかない。

「すまない。電話に出る」

席を立って通話をタップした。

「どうした？」

《今お屋敷にいるのですが、大伯父様が北斗さんと綾斗さんに連絡を取るようにと。お父様が帰国しているので、飲みに来ないかとおっしゃって》

桜子は、仕事中は祖父を会長と呼び、プライベートでは大伯父様と言う。

昨日、俺たちがいる間に祖父は戻って来なかった。さっさと帰ったのが裏目に出たか。祖父からの招集であれば何を置いても行くしかないが、なぜ桜子が屋敷にいる？

「……わかった。伺うと伝えてくれ」

《お伝えします。では》

通話を切って、紫穂のいるダイニングテーブルに戻る。

「北斗さん、ご飯のおかわりはいかがですか？」

「いただくよ。紫穂、食事が終わったら屋敷へ行かなくてはならなくなった」

「先ほどの電話……」

「ああ。だが、急いで食べなくてはならない用事じゃないから」

そう言って、茶碗を差し出して彼女に渡す。紫穂はキッチンへ向かい、鶏肉の炊き込みご飯をよそって戻ってくる。

「ありがとう」

「お屋敷にはおじ様も綾斗さんもいらっしゃるのでしょうか？　お香典のお礼をお伝えしていただいてもいいですか？」

「ああ。伝えておく。今日の用事は無事に済んだのか？」

「はい。実はこの家は私には広すぎるので売却をしようと思って」

そんなことを考えていたとは……。

紫穂が売却と共に新しい住まいを見つける前に、行動を起こさなくてはならない。

二度手間にならないように。

彼女の仕事の話もした。

俺の計画に今後の紫穂の仕事が関わってくるからだ。

まだ紫穂と話をしていたかったが、祖父を待たせるわけにはいかず席を立った。

「北斗様。おかえりなさいませ」

いつものように高橋さんの出迎えを受けると、奥のドアから桜子が現れた。

「おつかれさまです。大伯父様とお父様がお待ちです」

「桜子はなぜここに？」

「なかなか手に入らない和菓子を大伯父様にお持ちしたんです」

スリッパに履き替え談話室へ足を運ぶと、祖父の妹の大叔母がいることに驚いた。

八十三歳の大叔母は凛とした姿でひとり掛けのソファに座っている。

この場に兄貴の姿はない。

「早苗《さなえ》大叔母様、お久しぶりです。お元気そうで何よりです」

「北斗さん、本当にお久しぶりだこと。いつ見ても素敵だわね。お座りになって。ほら桜子も」

ニコニコしている大叔母に、何か嫌な予感がする。

センターテーブルを囲むようにして、両サイドのひとり掛けのソファに祖父と大叔母、俺が腰を下ろした三人掛けのソファの対面に父が座っている。

俺の隣に桜子が着席した。

「北斗、忙しいところ悪かったな」

祖父が日曜日に呼び出したのを本当に申し訳なく思っているようだ。休日に呼び出せば恋人探しに影響があるからだろう。

「いいえ、大叔母様がいらっしゃると知っていたら、手土産でも買ってきたのですが」

「いいのよ。おいしい和菓子を持って来たの。よかったらお出ししてもらいましょう。高橋さん」

祖父のうしろで控えていた高橋さんに大叔母は頷く。

「一緒に持って来たお抹茶がいいわ。よろしくね」

「かしこまりました」

高橋さんがお辞儀をして出て行く。

「ねえ、北斗さん。あなたも三十二歳よね？　そろそろ身を固めてはいかがかしら？」

孫娘を嫁にと言っているのだろう。

「ええ。近いうちに彼女にプロポーズする予定です」

祖父にはまだ知られたくなかったが、先手を打って話すしかなかった。

すると、隣に座る桜子と大叔母が「ええっ？」と、驚きの声をあげた。

祖父に至っては、「本当なのか！　その女性を連れてきなさい」と嬉しそうだ。

「北斗さん、恋人がいらっしゃったの？　いえ、女性におもてになるあなたならいなくはないでしょうけど」

「ええ。ただし、彼女がプロポーズを受け入れてくれるかはわかりません。なんせ、天王寺家の若奥様になれば大変ですから」

余裕を見せるかのようにソファに背を預け、両手を組んで笑みを浮かべる。

祖父をあまり喜ばせないように、そして大叔母に桜子との結婚を期待しないようくぎを刺す意味がある。

「たしかに我が家に嫁げばそれなりの注目は浴びよう。しかし、北斗が守れば済むことじゃ。わしはお前が選んだ女性なら大歓迎しよう」

孫に結婚してほしい一心の祖父は嬉しそうだ。

少し知らせるのが早かったか。いや、言わなければ大叔母は桜子を妻にさせようとするだろう。

「お兄様、天王寺家の嫁は誰でもいいってわけにはいきませんわよ。頭脳明晰、聡明で美しく、夫をたてる女性じゃなければなりませんわ。北斗さん、桜子がピッタリだと思いませんこと？」

「お祖母《ばあ》様！」

桜子が慌てた様子で祖母に声をかける。

「桜子、黙っていなさい。あなたなら北斗さんの妻として、天王寺家の若奥様としてピッタリなのですからね」

桜子が電話をくれた時、大叔母も一緒だと言わなかったのはこの話があったからではないかと、穿《うが》った見方が脳裏をよぎる。

「お兄様、北斗さんの横には桜子がお似合いだと思いません？」

祖父まで巻き込んで、桜子を俺の妻にさせようと圧力をかけているのだろう。

「うむ、桜子が素晴らしい女性なのはわかっておる。しかし、幼い頃からずっと一緒にいるのに恋愛関係にならなかったのは、お互いに恋愛感情がないからじゃろう。早苗、周りが勧めても本人同士の問題だ。余計な口は挟まないほうがいい」

さすがお祖父様だ。結婚命令を出しているにもかかわらず、強引に推し進めようとはしていない。

「お兄様……」

最後の頼みの綱の兄にも賛同を得られなかった大叔母は、しぶしぶ唇を閉じる。

「大叔母様、申し訳ありません。桜子は兄妹のようにしか思えないんです。彼女が本気になれば、すぐにふさわしい男性を見つけられるでしょう」

隣に座る桜子と大叔母を交互に見ながら言葉にした。

これが俺からの最後の通告。

大叔母は逡巡した後、諦めたようにため息をついた。

「わかりました。愛のない結婚をしたら可愛い孫がかわいそうだものね。桜子、北斗さんより素敵な男性を見つけなさい」

「お祖母様……」

桜子は二の句が継げない様子だった。

シドニーのホテルで俺を諦めると言ったのだが、まだ期待していたのか？

そこへ高橋さんと家政婦がたてた抹茶と和菓子を運んできた。

場が静まり返っていたので、ちょうどいいタイミングだった。


翌日、執務室に入ったのは桜子より俺が早く、すでにプレジデントデスクで仕事をしているところへ彼女がやって来た。

「社長、おはようございます。今日はお早いのですね。何か急ぎの案件が入ったのでしょうか？」

デスクトップから顔を桜子に向ける。

「おはよう。急ぎのものはないが、シンガポール港で停泊している船の消火システムの部品はいつ届くかもう一度確認してほしい。あと三日以内に届かなければ供給遅延になる」

「わかりました。すぐに確認いたします。……北斗さん、昨日はごめんなさい。お祖母様が勝手なことをしました」

「大叔母様は桜子を心配しているのだろう」

そう言って、俺がデスクトップへ顔を移動させたことで、桜子は自分のデスクへ行きスケジュール確認のためタブレットを持って戻って来た。


その夜、用事はないが紫穂の声が聞きたくなり電話を掛けた。二十二時だが、まだ寝ていないだろう。

すぐに電話に出た紫穂の声は沈んでいるように聞こえた。

母親を思って寂しくなったのかもと推測する。

彼女は俺に心配をかけたくないのだろう。すぐに明るい声色になり、ドバイの土産の礼を口にした。

しかし、ダイヤモンドなどと高額なものをもらうのは申し訳ないので、次回はおいしそうなチョコがいいと言った。

もちろん紫穂が食べたい物は用意したいが、彼女に似合いそうなものを選ぶのも楽しく、その約束は守れないだろう。

翌日の午後、ドイツのハンブルグに出張していた常務取締役が、報告と共にチョコレートの土産を二箱置いていった。

ハンブルグはドイツの主要な港湾都市であり商船会社が多く、うちの支社もある。

以前、このチョコレートを食べたことがあるが、おいしかった。

一箱を桜子に渡し、もう一箱は紫穂に食べてもらおう。

「桜子、今日はあがることにする」

時刻は十七時三十分。

たしか紫穂は十八時に退勤する。今から出れば間に合うだろう。昨日の声色が気になっていた。

突然現れて驚かそうと、スーツのジャケットを羽織り出口に向かう。

ドア近くの執務デスクにいる桜子が立ち上がり、お辞儀をする。

「おつかれさまでした」

「君もたまには早く帰るといい。おつかれ」

執務室を出てエレベーターに向かった。

車を紫穂が働く丸《まる》の内《うち》にある会社に向かって走らせた。彼女が働く会社と兄貴が社長を務める天王寺商社の自社ビルはすぐ近くで、そこに車を止めて向かう。

広告代理店の入るビルのロビーに、十八時を少し過ぎた頃に到着した。

紫穂はまだ会社にいるだろうか。

スマートフォンをポケットから取り出し、彼女に電話を掛けるが出ない。

遅かったか……執務室を出る前にメッセージを送っておけばよかったな。

ポケットにスマートフォンをしまいながら、少し離れたところからセキュリティゲートのほうへ視線を向けると、中から紫穂が出てきた。

紫穂の顔が強張っているのが見て取れる。

近づこうとした時、紫穂の後に金髪で黒いTシャツとジーンズ姿のオフィス街にふさわしくない格好の男がついていく。

いや、ついていくわけじゃなく、ただ単に同じ方向なのか？

当惑していると、男は紫穂の後をゆっくりと追いかけているようだ。

まさか、紫穂の恋人？　いや、彼女に恋人はいないはず。

穏やかな気持ちではいられないが、落ち着けと自分を諫《いさ》める。

あの男、どこかで見たな……。

そこで興信所の報告書にあった金髪の男を思い出した。

またあの男が接触を？

紫穂がビルとビルの間にある休憩スペースまで来ると、男が彼女に話しかけた。

俺はふたりに気づかれないよう、近くの暗がりに立った。

「よっぽど会社の者には見られたくないんだな」

愉快そうな笑い声がした。

「すぐに金をよこせば消えるっていうのに」

金だと……？

以前、玲子さんの元恋人が紫穂の職場に金の無心に来ていたのだ。その時、紫穂が金を払ったかはわからない。そこまで興信所は調べられなかった。

「お金は払いません！」

「なんだって!?」

強い口調で紫穂は言い放つと、男が彼女ににじり寄る。

「会社に動画や写真をバラまいてもいいのか？」

「警察に通報されたいんですね？　これ以上脅《おど》せば警察へ行きます」

脅されているのか。

はらわたが煮えかえるような思いに駆られ、無意識に手のひらをギュッと握る。

「何もしていないのに警察が取り合うわけないだろ。おとなしく金を払えばいいんだよ！　この場でお前をさらって暴行しようか？」

男が紫穂の腕を掴《つか》むのを見て、俺はふたりに近づいた。

「離して！」

「黙れ！」

俺は男の背後に立ち、紫穂へ挙げた男の手を掴みうしろに引いた。金髪の男はガクッと膝を地面につける。

「くぅ、いてえな！　な、なんだよ！　手を離せ！」

「北斗さんっ！」

紫穂は俺の姿に目を見開いて驚いている。

男は俺に手首を掴まれ押さえつけられているせいで、身動きができない。

「紫穂、この男は？」

鋭《するど》く尋ねる俺に、紫穂は泣きそうな表情で口を開く。

「……母の……元恋人で、お金をゆすられて……」

「恐喝か」

「いてえよ！　放せ！　くそ！　俺をはめたな！」

男の手首を持ち上げると、悪態をつきながらバランスを崩して地面に倒れ込んだ。

そこで俺は男の手首から手を離す。

「お前の身元は割れている。また紫穂をゆするのならば、警察よりももっと効果的な組織が黙っていないからな」

「も、もっと効果的な組織ってなんだよ！」

俺の手の拘束から解かれた男は立ち上がり、弱い男が虚勢を張ったような顔つきになる。

「俺の弟はニューヨークで国際弁護士をしている。マフィアとも知り合いだ。ミジンコみたいなお前を好きにさせることなど簡単だ」

「マ、マフィア!?　嘘《うそ》をつくな！」

「本当だ。嘘だと思うのなら、すぐにでも連絡してもいいが？　喜んで日本へ来るだろう。人身売買で臓器を取られるかもしれないな」

スマートフォンをポケットから取り出すと、男の顔から血の気が引いた。実際は薄暗くて血の気が引いたのかはわからないが、驚愕した表情だ。

するると、男はこわごわと首を横に何度も振りながら口を開く。

「も、もう二度と、その女には近づかない。許してくれ」

そう言うと、一目散に俺たちから離れていった。

そのうしろ姿を一瞥《いちべつ》してから、紫穂へ顔を向ける。

「紫穂、大丈夫か？」

「……はい。ありがとうございました。北斗さん、どうしてここに？」

「おいしいチョコがたまたま手に入ったから渡そうと思ってね。ついでに家に送ろうと会社のビルへ行ったら、紫穂があの男と出て行くところを見て」

「一昨日、あの男が退勤後の私を待っていて、母の……その……セックスの動画をバラまかれたくなければ百万用意しろと脅されたんです」

脅す材料が材料なだけに、紫穂は話しづらそうだ。

「紫穂、俺に相談してほしかった。ひとりで会うなんて危なかった」

「……ごめんなさい。北斗さんに迷惑をかけたくなかったの」

「君に何かあったほうがどれだけ心配するか。あの男の件は後で処理をするから安心してくれ。とりあえず食事に行こう」

紫穂の手を握ると、まだショックが続いているのか震えているのがわかった。

「まったく……」

俺は紫穂を胸に引き寄せて抱きしめた。

「ほ、北斗さんっ？」

「怖かったんだろう？　安心していい。もう大丈夫だから」

いきなり抱きしめられた紫穂は狼狽《ろうばい》したが、俺の腕が放されないとわかると、顔を胸にうずめた。

しばらく経《た》って、紫穂は「もう……平気です」と言って、俺から離れた。

通りがかりの会社員などがいて、紫穂は恥ずかしいのか顔を上げられないようだ。

「行こう」

彼女の手を再び取ると、車を止めた天王寺商社の駐車場へ向かった。


「こんな近くに天王寺商社があったんですね」

三十五建ての自社ビルに入り、エレベーターで地下駐車場へ行くと、紫穂がびっくりしたように言葉にした。

「もしかしたら近くで兄貴と会っていたかもしれないな」

「それはないと思います。綾斗さんは社長ですから車移動だと思いますし。そういえば、商船会社の社長なのに北斗さんは自身で運転を？　おじ様はたしか毎日迎えの車が来ていたのを覚えています」

「通勤時は自分の車だ。運転するのは好きだし、そのほうが身軽に動ける。兄貴は送迎車を使っている。通勤中でも仕事をしているようだ」

「昔から寡黙に勉強していたので、想像できます」

そこで、車に到着し助手席のドアを開けて紫穂を座らせ、俺も運転席に回り席に着き、目的の店へ向かう。

「……北斗さん、もうあの男は現れないでしょうか？」

「その件は俺に任せてくれ」

「あの、身元は割れていると言っていましたが、そんなわけないですよね？」

紫穂の突っ込みに一瞬心臓が跳ねる。

この場で彼女が心配で調べていたというわけにはいかないな。それを聞けば、怒るだろうし、警戒して俺を避《さ》けるようになるだろう。

「嘘も方便だよ」

紫穂に嘘をつくのは胸が痛いが、今は仕方ない。

「さすが機転が利きますね。ニューヨークにいる弟というのは遥斗さんのことですよね？　マフィアと繋《つな》がりがあるなんて、これも嘘ですよね？」

「いや、ハルの顧客にいたと聞いている」

「ええっ！　遥斗さん、危なくないのでしょうか？」

憂慮する瞳を¥向けられ、笑みを漏《も》らす。

「ハルのことだ。うまくやっているんだろう。ニューヨークの社交会にはクセの強い色々な人間がいるから。もう着くよ」

築地《つきじ》の寿司店が近づき、路上パーキングに車を止めた。


築地にある行きつけの寿司屋の暖簾《のれん》をくぐると、独特の寿司酢の香りが漂ってくる。

カウンターに並ぶふたりの職人が「いらっしゃい！」と元気よく出迎えてくれた。

寿司職人の六十代の大将と息子、そして大将の妻と息子の妻の四人でこの寿司店を切り盛りしている。

六十代の女将《おかみ》がにこやかな笑顔で、俺たちのところへやって来る。

「天王寺さん、いらっしゃいませ。きれいなお嬢様を連れていらっしゃるのは初めてですわね。カウンター席でよろしいですか？」

テーブル席も十卓ほどあるが、俺は毎回カウンター席に座り、大将たちと話をしながら寿司をつまんでいる。

「ええ。お願いします」

女将に案内され、カウンターの奥の席に紫穂と並んで座る。

「私、こういうお寿司屋さんは初めてです」

紫穂は物珍しそうに、大将たちの手元をじっと見ている。ネタを握る手は芸術品を作り出すかのように繊細だ。

「屋敷にいた頃は板前が出張してきて、これほど近くで見ることができなかったしな」

出来上がったものをテーブルで食べていたが、紫穂が職人の手さばきを見ようと立ったところで、母親に行儀が悪いと叱《しか》られたのだ。

父が「見てもいいだろう」とかばったが、母親は断固として譲らなかった。

「懐かしい思い出です」

悲しい思い出だが、紫穂が微笑む。

彼女の目は輝いていて、その笑顔を見るだけで俺の心も温かくなる。

薄桃色の着物姿の若女将がお茶を運んで来ると、他の客の寿司を握り終えた大将が俺たちに声をかける。

「天王寺さん、いらっしゃい。何を握りましょう」

「紫穂、食べたいネタを頼むといい。おまかせでもかまわないよ」

「では、おまかせでお願いします」

大将は元気よく「喜んで！」と言って、握り始めた。

丁寧に握られた寿司が目の前に置かれる。

「まずは、このタイをどうぞ」

紫穂はタイのにぎりに目を向けて、その艶《つや》やかさに笑顔になる。

「とても美しいですね。いただきます」

箸で持ち上げて口に運ぶと、さらに笑みが深まる。

「北斗さん、とてもおいしいです」

江戸前寿司のこの店のシャリは赤酢を使っていて、さっぱりとした味わいだ。

「ああ。ここの寿司を食べたら他では食べられないよ」

俺もお茶を飲んでから、箸でタイのにぎりを口にした。

カウンター越しに大将との会話を楽しみながら、次々と握られる寿司に舌鼓を打つ。

紫穂の嬉しそうな表情を見て、俺も楽しんでいることを実感する。

彼女があの男に傷つけられずにすんで本当によかった。

「おなかいっぱいです。ごちそうさまでした。お店の雰囲気がとてもよくて最高においしいお寿司でした」

路上パーキングに止めた車に乗り込み、紫穂は礼儀正しく頭を下げて礼を言う。

「気に入ってもらえてよかった。紫穂、話があるんだ。少し寄り道をしてもいいか？」

「話……？　今じゃだめなのでしょうか？」

「そうだな。運転をしながら話せるものじゃないから」

「わかりました」

少し困惑したような表情の紫穂は頷き、俺は車を近くのふ頭公園へ走らせた。

エンジンの低いうなりと、遠くに見える東京《とうきょう》の高層ビル群の灯りが車内を照らす。

夜の静かな道路を走りながら、紫穂の神妙な面持ちを横目で確認した。

なんの話なのか、当惑しているのだろう。

ふ頭公園に到着すると車を降りて、少し歩いて海が見える場所まで来る。

「わっ、きれいな夜景」

紫穂はライトアップされたレインボーブリッジや東京タワー、ビル群の夜景に目を奪われている。

東京湾の穏やかな水面には、背後にあるタワーマンションの無数の灯りが反射して星のように輝いていた。俺の好きな光景だ。

「紫穂」

夜景を見ている彼女のうしろから静かに名前を呼ぶと、紫穂が振り返り、首を少し傾けて俺を見つめる。

「あらたまって、どうしたんですか？」

これからの話は紫穂にとって寝耳に水だろうと思うと、ふっと笑みが漏れる。

「驚かないで聞いてほしい」

彼女との距離を詰め、紫穂が俺を見上げる。

「驚く……？」

「ああ。紫穂、君を愛している。結婚してほしい」

「今……なんて……？」

「愛している。結婚してほしい。プロポーズしているんだ」

紫穂は金縛りにあったみたいに動かず、ただ目を大きく見開いて俺を見つめている。

「……私を愛している？　結婚……？」

「ああ。君がうちに来た頃は可愛い妹としての存在だった。いつの頃からか紫穂が気になり始めた。だが君は俺の義理の妹。兄として見守ることに徹したが、留学中に義理の妹ではなくなっていた。玲子さんに援助したのは君のためだと言っただろう？

大変な思いをさせるのは嫌だったし、苦労をしてほしくなかったからだ」

「北斗さん……私……」

そう呟《つぶや》いて、紫穂は首を左右に大きく何度も振る。

「私が、天王寺家……北斗さんの奥さんになれるわけないです」

一歩後退する紫穂の両肩に手を置く。

「なぜなれない？」

「私の母がしでかしたことは許されるわけないから！　それに私なんかを妻にしたら、北斗さんの汚点になってしまう」

「そんなこと絶対にない。俺が紫穂を離さない」

紫穂の苦悩は充分承知していたが、思ったよりも心に深く傷を負っているようだ。

「義理の妹だった私に同情を覚えただけです。放っておけなくて。北斗さんは優しいから」

「俺は優しくなんかない。俺の優しさは紫穂にだけだ。昔からそうだった」

「だめ！　愛している人を傷つけ――」

そこまで口にした紫穂はハッとなる。

紫穂は俺を愛している。

嬉しさがこみ上げてきて華奢《きゃしゃ》な体を腕の中に閉じ込めた。

「母親は母親。紫穂は紫穂なんだ。紫穂は思慮深くて、素敵な女性だ。玲子さんとは絶対に違う。家のことは問題ない。父さんもお祖父様も、もちろん兄貴もハルも賛成してくれる」

「北斗さん……」

「俺を愛してくれているんだろう？　俺だけを見てくれ。絶対に幸せにする」

少しだけ紫穂との距離を開け、顔を覗《のぞ》き込む。

「私は北斗さんを幸せにできないかも……考えると踏み切れないです」

「紫穂が俺の妻になってくれないほうが不幸せだ。君と幸せな家庭を築けると信じているし、必ずそうなる」

泣きそうな紫穂の顎に指先で軽く持ち上げ、唇を重ねた。

一瞬、ビクッと肩を揺らした彼女だが、ゆっくり目を閉じて俺のキスに委ねた。

なんて可愛いんだ。

今まで母親のことがあったから、異性を極力避《さ》けていたんだろう。

俺は彼女の唇を軽く食《は》んでから離した。

「結婚してくれるね？」

「……天王寺家の皆さんに話してから……返事を……」

「紫穂！　問題ないと言っただろう？」

俺に迷惑をかけたくないと考えているのはわかるが、自制心が強すぎるぞ。

「北斗さんを愛しているけれど、私のせいで北斗さんが勘当されたりしたら、とてもじゃないけれど一緒になれません」

「わかった。君を妻にすることになんの障害もないということをわかってもらう。だが、紫穂。これだけはわかってほしい。ありえないことだが、俺は家を勘当されても君を妻にする。もう見守るのは卒業だ」

「北斗さん……」

紫穂の大きな目にいっぱい溜《た》まった涙が、瞬きをした瞬間、頬に伝わって落ちる。

その大粒の涙を指の腹で拭《ぬぐ》ってから、俺は再び彼女に口づけた。

六、幸せに包まれて

『紫穂《しほ》。そのチョコを食べて気持ちを落ち着けるんだ。安心して。誰にもこの結婚を反対はされないから』

そう言って、北斗《ほくと》さんは帰って行った。

玄関に入り誰もいない部屋の電気を点ける。いつもこの動作が寂しいと思っていた。

「夢を見ているんじゃ……」

手に持ったチョコレートの入ったショッパーバッグを目の前に掲げてみる。

さっきまで北斗さんと一緒にいたのは間違いない。おいしいお寿司を食べたのも、プロポーズされたのも夢じゃなくて……。

夜景は幻想的で、だから北斗さんの告白も現実じゃないように思えるのだ。

それに北斗さんのような完璧な男性が、私のような平凡な女を愛していたなんて信じられない気持ちもある。

でも、彼は家族が反対しようとかまわない様子だった。それを甘んじて受け入れてしまってもいいのだろうか。

それに……私は母の奔放な血を引いている。

性の喜びを知ったらどうなるのかわからない。北斗さんが言うように自分は母とは違うと思いたいけれど……。

洗面所で手洗いとうがいを済ませて顔を上げた先に、鏡に映る自分がいる。

瞳はキラキラ輝いていて、唇はいつもより腫《は》れぼったい。

恋する乙女の顔みたい……。

みたい、じゃなくて、実際に北斗さんにキスをされて、今まで堰《せ》き止められていた彼への愛が溢《あふ》れ出ているからだ。

ありえないと思っていた北斗さんとの未来を、夢見てもいいのだろうか……。

ううん。今は……期待をしてはだめ。

鏡を見つめて自分を諫《いさ》め、和室へ歩を進めて祭壇の前で正座をする。

「お母さん、ただいま」

ろうそくに火を灯してからお線香を供え、両手を合わせる。

お母さんのおかげで北斗さんとまた出会えたのかもしれない……。

「今日、北斗さんからプロポーズされたの」

お母さんは喜んでくれるだろうか。

「北斗さんのお祖父様《じい》、お父様、綾斗《あやと》さんに反対されたら、断固として一緒にならない。なってはだめだから」

自分に言い聞かせるように声に出した。

がんで痩《や》せ細る前の美しい母の遺影に両手を合わせてから、リビングルームへ行き、ソファに腰を下ろす。

「今日助かったのは、北斗さんが持って来てくれたチョコレートのおかげよね。あの男に殴られそうになった時、私は何もできなかった。もっと自分の身を守れるような場所で会うべきだったわ」

知り合いに見られたくなくて休憩スペースへ行ったが、人で賑《にぎ》わうカフェのほうがよかったのだ。

でも、そうしたら北斗さんは私を見つけられなかったかもしれない。

殴られそうになった時の恐怖を思い出してぶるっと身震いする。

ショッパーバッグからチョコレートの箱を取り出して、パッケージの蓋《ふた》を開けると、金の包み紙のチョコレートが二十四個並んでいた。

そのうちのひとつを手に取り、包み紙を開けてチョコレートを口に入れた。咀嚼《そしゃく》しながら箱を見る。

「すごくおいしい。甘すぎなくて……ソルトミルクガナッシュなのね」

三個食べて蓋を閉める。そのままにしていたら、すぐに食べきってしまいそうだ。

お風呂に入って洗面所で髪をドライヤーで乾かし寝室へ行くと、スマートフォンを手にしてベッドの端に座る。

北斗さんへ助けてくれた件と、チョコレートのお礼をメッセージで送るつもりで。

メッセージを打っていると、画面が変わって北斗さんから電話がかかってきた。

画面に出る北斗さんの名前を見るだけで心臓がドクッと跳ね、急いで通話をタップして電話に出る。

「紫穂です」

《遅くにすまない》

「まだ二十三時前です。今、北斗さんにお礼のメッセージを打っていたところでした。チョコレート、とてもおいしくてやめるのが大変でした。ありがとうございます」

《気に入ってもらえてよかった。電話したのは明日の夜、紫穂に父が会いたいと。大

丈夫か？》
「おじ様が……」
私たちの話をするのだろう。こんなに早く会うだなんて……反対されるのは目に見えていた。おじ様はドイツからの一時帰国だから時間がないのもあるけど。
《ホテルで食事をしよう》
北斗さんの声からは苛立った様子は見られないから、おじ様はまだ彼に何も言っていないのだろう。
「明日の夜……はい。わかりました」
《十八時過ぎに迎えに行くから、ロビーで待っていてほしい》
「待ち合わせの場所まで行けます。北斗さんは忙しいのですから」
《いや、大丈夫だ。待ってて》
「……はい。すみません」
《チョコを食べたのにまだ気持ちが落ち着かないみたいだな》
「電話が来るまでは落ち着いていたんです。でも、明日おじ様に会うと思うと……」
《父は喜んでくれるから安心するんだ。じゃあ、おやすみ》
そう言われても……。

「おやすみなさい」

通話が終わってスマートフォンを枕元に置き、クローゼットの前に立つ。

おじ様とホテルで食事……上等なおしゃれ着は持っていないけれど、それなりの服を着ていかなければ。

黒や紺、グレーばかりのワードローブ。

その中で、グレーのAラインのワンピースを手に取る。フレンチスリーブの袖のある身頃はライトグレーで、ウエストを境にスカートの部分はチャコールグレーになっている。襟はスクエアカットで、ウエストは黒の前リボン。

二十五歳で一度だけ友人の結婚式に出席した時に購入したワンピースだ。

その後、着る機会がなかったが、一年に一度クリーニングに出していたので、新品同様に見える。

明日着る服が決まり電気を消して、ベッドに入った。

目を閉じると、これからのことなど不安に駆られるが、思ったより疲れていたみたいで、すぐに眠気がやってきた。

翌日、出社すると佐藤《さとう》さんから「今日はデートかな？」とにっこり言われる。

無理もない。この会社はジーンズＯＫで、私はたいていカットソーにパンツやジーンズの服ばかり着ているから。

「デートじゃないです。普段の自分と違うから恥ずかしいです」

「よく似合っているわ。そういう服を着ると深窓の令嬢みたいね」

「深窓の令嬢って、今どき言わないですよ」

そう言って苦笑いを浮かべると、佐藤さんは「そうよね～」と笑う。

ずっと天王寺《てんのうじ》家で育っていたら、そうなっていたかもしれない。

パソコンを立ち上げていると、分厚いファイルを抱えた部長がデスクにやって来た。

椅子《いす》から腰を上げようとすると、制止されて座ったまま部長が話し出す。

「樫井《かしい》さん、ちょっとお願いしたいことがあるんだけど、今いい？」

「はい、もちろんです。どうぞ」

「次のキャンペーンの資料をまとめてほしいんだ。クライアントに再来週の金曜にプレゼンしなきゃいけないんだけど、企画書がまだ完成してなくてね。資料は来週いっぱいまでにできるかな？」

資料の入ったファイルがデスクの上に置かれる。

「わかりました。期日までにまとめます」

「ありがとう。資料の内容はできるだけ具体的に、そしてインパクトのあるものにしてほしいんだ。特に昨年の売上データを基にしたグラフを入れてくれると助かるよ」

「承知いたしました」

「よろしく頼むよ」

部長が自分のデスクに戻っていき、佐藤さんが私のほうへ体を向ける。

「大丈夫？　量が多くない？」

「はい。できると思います」

「ほんと、あなたが派遣社員だなんてもったいないわ」

心配してくれる佐藤さんに笑みを向け、資料を手に取った。


退勤時間が近づくにつれて心臓がドキドキ暴れ出す。おじ様と会うのは母との離婚が決まって家を出た日以来だから、約十五年ぶりになる。

「樫井さん、もう帰る時間じゃない？」

佐藤さんが教えてくれる。

「はい。ありがとうございます」

作っていた資料を片付け、パソコンの電源を落として帰り支度をしていると、佐藤さんが「おつかれさま」と声をかけてくれる。

「楽しんできてね」

デートだと誤解している佐藤さんに「はい」と答えて、会社を後にした。

ロビー階でセキュリティゲートを通り、北斗さんの姿を捜していると、入り口のガラスの扉から彼が現れた。

示し合わせたかのようなチャコールグレーのスーツを着ており、オーダーメイドのスーツは彼の体躯《たいく》にフィットして素敵《すてき》だ。

思わず見惚《みと》れていると、北斗さんも私に気づき麗《うるわ》しく微笑《ほほえ》んだ。

「北斗さん、おつかれさまです」

「紫穂もおつかれ。ところで、俺たちの息はピッタリじゃないか？」

私たちの服の色味のことを言っているのだろう。

からかう瞳を向けられて、緊張が少しほぐれる気がした。

「ふふっ、そうですね」

「行こう」

自然と手を握られて、ドクンと鼓動が跳ねた。指と指の間に交互に差し入れる、親密な握り方だったから。

ビルを出たところに黒塗りの高級外車が止まっており、北斗さんはその車に近づくと、運転席から初老の男性が出てきた。

「今日はシャンパンを飲みたい気分だから運転を頼んだんだ」

銀髪に近い男性を見て、目を見開く。

「高橋《たかはし》さん……」

「お嬢ちゃま、すっかり大人の女性になられて。おきれいでございます」

笑顔の高橋さんに、懐かしさがこみ上げ目頭が熱くなる。

「高橋さんも、お元気そうで……」

涙がこぼれ落ちそうで、その先が言えない。

お屋敷を出る時、たしか高橋さんは五十歳だったと思う。だから今は六十五歳になっているはず。

「驚かせすぎたな。紫穂、乗って」

北斗さんに促され後部座席に座らされると、彼は反対側に回って隣に腰を下ろした。

高橋さんが運転席につき、車が動き出す。

「こうしてみますと、お似合いのおふたりでございますね。天王寺家でお過ごしになっていた頃のおふたりが懐かしいですよ」

高橋さんの言葉に北斗さんが頷《うなず》く。

「本当に懐かしい。父に合わせる前に紫穂をびっくりさせてしまったな。すまない」

「驚きました……思い出がたくさん蘇《よみがえ》って……」

「お嬢ちゃまを目にした瞬間、すぐにわかりました。北斗様とご一緒でなくとも街で会ってもきっとわかるでしょう」

「そんなに私、成長していないですか……？」

尋ねると、隣の北斗さんが笑った。


日比谷《ひびや》の五つ星ホテルのエントランスに車が止められ、車内から降りる。

「父は先に来ている。高橋さんも一緒に食事をするんだ。心強いだろう？」

高橋さんから私を蔑《さげす》んだりする視線はまったくなく、それどころか会えて喜んでくれている。一緒に来てくれたら北斗さんの言うとおり心強い。

「はい。とても」

北斗さんと高橋さんに笑みを向けたが、顔が引きつっている気がする。

私たちは二十階にあるフレンチレストランへ赴《おもむ》いた。

天井からエレガントなシャンデリアが優雅に吊《つ》り下げられ、その柔らかな光がレストラン全体を暖かく包み込んでいる。

壁にはクリーム色や薄いグレーの上品な壁紙が施されており、そこにフランスの美しい風景画や抽象画が飾られていた。

こんな素敵なレストランへ来たのは初めてで、これからおじ様に会うというのに、この雰囲気にさらに心臓が暴れてしまう。

レストランの支配人に案内される中、フロアのテーブルにはシルクのクロスがかけられ、クリスタルのグラスや美しい食器が整然と並べられている。

個室に案内され、レストランスタッフがドアを開けた先におじ様が待っていた。ダークウッドのアンティークテーブルと椅子、テーブルの上にはキャンドルが置かれている。

私たちの姿に、おじ様は椅子から立ち上がり、こちらへ歩を進めてくる。

「紫穂ちゃん、すっかり大人の女性になったね。随分と時が経《た》ってしまったのを実感するよ。お母さんのことは残念だったね。心からお悔やみ申し上げる」

「おじ様、母へのお気遣いありがとうございました。お元気な姿を拝見できて嬉しいです」

少し恰幅がよくなったけど、変わらずに素敵なジェントルマンといった風貌だ。

「そんな他人行儀な話し方は無用だよ。君はずっと私の娘だ。連絡を取らずにいて本当に申し訳ない。反省している。苦労しただろうね」

「父さん、座りましょう。高橋さんも今日は仕事としてじゃなく」

「ああ。そうだな。紫穂ちゃん座って話そう」

おじ様はとてもニコニコしているから、結婚の話を知らないのかもしれない。

レストランスタッフとソムリエがやって来た。

「君たちが来る前にスパークリングワインを決めさせてもらったよ」

「もちろん、かまいません」

ソムリエはスパークリングワインの説明をして栓を開けると、各自のフルートグラスに注いでいく。高橋さんはお酒が飲めないとのことで、ノンアルコールのスパークリングワインが用意された。

「では、乾杯しよう。北斗と紫穂ちゃんの結婚に乾杯！」

「え!?」

フルートグラスを掲げていた私は、落としそうになるくらい驚いた。

にっこり笑うおじ様に、穏やかな笑みを浮かべる高橋さん、それからいたずらが成功したようにニヤリと笑う北斗さんへ順番に顔を向ける。

「紫穂、言っただろう？　反対なんてされないって。むしろよく知った君だから、結婚を喜んでいる」

「……本当に？」

「本当だとも。紫穂ちゃん、君はもう一度私の娘になるんだ。高橋さん、めでたいことだと思いませんか」

おじ様は高橋さんに同意を求める。

「ええ。お嬢ちゃまが北斗様の奥様になるのだと思うと、感慨もひとしおでございます」

「紫穂、どうした？　ポカンとして。いい加減手が痛くなる。乾杯しよう」

北斗さんは麗しい笑みを私に向けてから、乾杯の合図をした。

グラスを軽く掲げ、おじ様と高橋さんが私たちに向かって「おめでとう」と言ってから飲む。

「……ありがとうございます」

私もスパークリングワインの入ったフルートグラスに口をつける。

実感が湧かないが、おじ様と高橋さんの笑顔から反対されていないのだと徐々にわかってきて愁眉《しゅうび》を開いた。

「北斗さん、夢みたいです」

「夢じゃない。俺たちは結婚するんだ」

「でも、お祖父《じい》様と綾斗さんは、どうなのでしょう……」

おじ様と高橋さんに祝福されて安堵《あんど》したが、不安は払拭《ふっしょく》されたわけではない。

「ふたりは大丈夫だ。お祖父様は早く結婚をしてほしがっていたし、兄貴も問題ないから安心するんだ」

「そうだよ、紫穂ちゃん。父は綾斗も北斗も遥斗も結婚しそうもなくてやきもきしていたところだから。綾斗だって、君を可愛がっていたんだ。聞いたら喜ぶ」

「そうだといいのですが……」

アミューズが運ばれてきて、レストランスタッフがキャビアとクリームチーズのブリニとトリュフオイルのカリフラワームースだと説明して、美しいお皿の上に載せられた料理がテーブルに置かれる。

「ほら、食べなさい。ここのフレンチは最高だからね」

おじ様に勧められて、ナイフとフォークを手に取った。

「いただきます」

キャビアとクリームチーズのブリニを切って食べる。

きれいなピンク色のマカロンのような形の皮の間に、キャビアとクリームチーズが挟まっていて手でも食べられそうだ。

ゆっくり咀嚼し、気にかかっていたことを話そうと口を開く。

「おじ様……」

持っていたナイフとフォークをテーブルに戻して、対面に座るおじ様を見る。

「お義父《とう》様と呼んでくれ。神妙な面持ちでどうしたのかな?」

「こんな素敵なレストランで話すことではないと思いますが、伝えておきたくて。離婚後購入してくれたタワーマンションを母が売ってしまったこと、母がお義父様にひどいことをしたにもかかわらず、親身になってくださったこと感謝しています」

その場で頭を下げる。

「頭を上げなさい。紫穂ちゃん、君が謝ることはないんだよ。すべては彼女がしたことだ。それにタワーマンションは慰謝料として渡したものだから、お母さんが売ったとしてもなんとも思っていない」

「でも母が悪いことをしたのに、慰謝料なんて……」

あの頃はまだ慰謝料がなんなのかわからなかった。

「私は君が心配だったんだ。何も渡さずに離婚をしたら、君が苦労をするのではないかと思った。実際苦労させてしまったようだが」

私のため……。

あの時の継父の気持ちを知って胸が熱くなる。

「苦労した面もありましたが、恵まれていたこともあるんです。学業を支援してくれる機関が私を大学に行かせてくれました」

その時、北斗さんがスパークリングワインを気管支のほうへ流しそうになったようで、ゴホゴホと咳をした。

「大丈夫ですか？」

隣の北斗さんへ顔を向けて、ポケットからハンカチを差し出す。

「ありがとう」

ハンカチを受け取った彼は口元を押さえた。

「それは恵まれていたな。しかし、紫穂ちゃんの成績がよかったからだろう」

そう言ったお義父様はスパークリングワインを飲む。グラスの中身が減り、ドアのそばで控えていたレストランスタッフが注ぎにくる。

「紫穂、君が負い目を感じる必要はないんだ」

北斗さんの言うとおり、心から負い目を感じなくなるのはいつになるだろう。

「お嬢ちゃま、お母様は厳しい方でしたから、大変だったのではないでしょうか。これからは北斗様に存分に甘えてください」

母は自分本位だったが、高橋さんは厳しい人と表現してくれる。

「高橋さん、ありがとうございます」

「スープが運ばれてきた。毎日でも飲みたいくらいおいしくて好きなんだよ。残念ながらドイツにはなくてね」

それからはお義父様のドイツでの生活を聞いていると、優しい話し方は以前と同じで、つくづく当時の母が継父を裏切ったことを恨めしく思ってしまった。

高橋さんの運転でマンションまで送ってもらい、家に戻って来た。時刻は二十二時になろうとしている。

スパークリングワインを飲んだせいかふわふわしているし、今までにないくらいの幸せを感じている。

母のことを謝罪した後は、昔のように和気あいあいと楽しい時間を過ごせた。

北斗さんは車から降りてマンションの入り口まで送ってくれ、別れ際、来週の土曜日に会う約束をして帰って行った。

明後日からニューヨークへ出張が入っているとのことだった。

祭壇の前に座り、母に両手を合わせる。

「お母さん、私に信じられないことが起こっているの。このまま進んでもかまわないよね……？」

幸せなのに、まだどこか不安を拭《ぬぐ》いきれない。


北斗さんが帰国するまでの間、私は部長に頼まれた仕事にかかりっきりになった。仕事をしていると時間が経つのがあっという間だったが、帰宅すると北斗さんを想い、時間がのろのろと過ぎる。

毎日のように北斗さんから【島本《しまもと》は現れていないか？】や【早く会いたい】とメッセージが送られてくるが、彼は仕事中なのだからと【島本は現れていません】や【私も会いたいです】と短く書いて返事を送っている。

木曜日の夜、今日も【困ったことはないか？　早く会いたい】とメッセージが届いて、【大丈夫です。私もです】と送ると、画面が着信に変わった。

「もしもし、北斗さん。どうしたんですか？」

《どうしたって、つれないから電話をしたんだ》

「つれないって……」

おかしくなってクスッと笑う。

《紫穂からの電話やメッセージを毎日待っているんだが》

「それは、北斗さんがお仕事で行っているから……それに時差もあるし」

今、日本は二十一時二十六分なので、サマータイムのニューヨークは八時二十六分。

《冗談だ。愛している。それだけ言いたくてかけたんだ》

からかわれるが、それが心地いい。

「……私も愛しています」

面と向かって言うよりも、電話のほうが口に出しやすい。

電話越しに北斗さんの楽しそうな笑い声が聞こえてくる。

《じゃあ、土曜日の朝迎えに行く。一泊の用意をしてくれるか？》

泊まりがけと聞いて心臓がドクッと跳ねる。

「え？　い、一泊？」

《そう、天気もよさそうだし、少し遠出しよう》

その時を、ずっと避《さ》けていられないのはわかっている。

「……わかりました。用意しておきますね」

《じゃあ、迎えに行く時間は後でメッセージを送っておくから。紫穂、おやすみ》

「おやすみなさい。北斗さんはお仕事頑張ってくださいね」

通話が切れて十分くらいして【七時に迎えに行く】とメッセージが送られてきた。

北斗さんは私をどこへ連れて行こうと考えているのだろう……。

ふたりきりの旅行に、今から緊張してしまいそうだ。


翌日の夕方、先日査定をお願いした不動産会社から電話が入っていた。タイミング悪く出られなかったためかけ直すと、査定料金が出たとのことで、退勤後に駅前の店舗に赴いて聞いてきた。

査定額は二千五百万円。

予想よりも少し安い金額だけど、北斗さんに治療費を返すことができる。

とりあえず返事は後日にして帰宅した。

翌朝七時。マンションのエントランスで待っていると、北斗さんの車が現れ目の前で止まった。

彼が口元を緩ませて運転席から出てくる。

モスグリーンのポロシャツとベージュのパンツでカジュアルな服装だ。どんな服を着ていても素敵で、私が一緒に歩いていて釣《つ》り合うのか心配になる。

私はクリーム色のノースリーブのワンピースと紺のカーディガンを着ている。

「おはようございます」

北斗さんは車の前を回って私のところへ颯爽《さっそう》とした足取りでやって来る。

「おはよう。さあ、乗って」

私の一泊分が入ったバッグを引き取ってくれた彼は助手席のドアを開けて中へ促す。

助手席に座ると、後部座席にバッグを置いた北斗さんが運転席に座る。

「梅雨の晴れ間ですね」

「ああ。今年は梅雨明けが早そうだな。沖縄《おきなわ》は曇りみたいだが、天気は重要じゃない」

「えっ、沖縄へ……?」

「そう。一泊だけでもゆっくりできるだろう」

北斗さんは笑みを浮かべて、私の頬に手をそっと撫《な》でてからハンドルを握った。

お昼前、沖縄空港に到着してレンタカーで走り始める。

予報は曇りだったが、空は青空が広がっている。

沖縄が初めての私はキョロキョロ忙しい。飛行機から青い海を見られて感動した。

「高校の修学旅行が沖縄だったんですが、風邪を引いて高熱が出てしまっていけなかったんです」

「そうだったのか……かわいそうに。今日と明日は存分に楽しもう。海に入る？」

「沖縄だと知らなかったし、そもそも中学以来水着を持っていないので」

アウトドアとは無縁の生活をしていたのだ。

「紫穂はこれからたくさん遊んで、美しい景色を見たり、おいしいものを食べたり、色々経験をしないとな」

「そんな遊んでばかりいられないです」

「何を言っているんだ？　俺の妻になるんだからできるに決まっているだろう？」

不服そうな声色にふふっと笑みを漏《も》らす。

「北斗さんは甘い旦那様になりそうですね」

「もちろん、必ずそうなる」

ハンドルから片方の手を離して、私の膝の上に置いた手をギュッと握り元に戻した。

ホテルに到着し足を踏み入れると、広々としたエレガントなロビーが目に飛び込んで来た。天井は高く、開放感溢《あふ》れる空間が広がって、巨大なガラス窓からは澄みきった青い海と穏やかなビーチが一望できる。

「素敵ですね」

「海に入りたくなった？　水着ならショップで買える」

「え……っと、考えておきます」

そこへアロハシャツを着た白髪交じりの男性が近づいてきて、北斗さんに挨拶《あいさつ》をする。胸にあるネームプレートには総支配人とある。

「天王寺《てんのうじ》様、本日はお越しいただきましてありがとうございます。ただいまお部屋の点検をしておりますので、ご昼食がまだのようでしたら、レストランでお食事はいかがでしょうか？　オールインクルーシブでございますので、お好きなものをお召し上がりください」

「そうさせていただきます」

総支配人が荷物は預かると言ってくれたので、近くに控えていたホテルスタッフにふたつのバッグを預けてロビー奥にあるレストランへ向かった。

海を見渡せるレストランに足を踏み入れると、南国の太陽がさんさんと降り注ぎ、ガラス張りの窓からはエメラルドグリーンの海が広がっているのが見える。

テラスのテーブルに案内されると、まるで絵画の中にいるかのような絶景が目の前に広がっている。

「おなかが空いただろう。ここは沖縄の新鮮な素材がメインでおいしいよ」

「じゃあ、北斗さんが食べたい物でお願いします」

「俺の食べたい物か……OK」

北斗さんはメニューを選び、スタッフにオーダーして、先に飲み物が運ばれてくる。

彼はノンアルコールビールで、私はレモン味の炭酸水だ。

「そういえば、父の反応、心配はいらなかっただろう？」

「いきなり『結婚に乾杯！』だったのでびっくりでした。一瞬、聞き間違いかと思いました」

北斗さんは麗しく笑みを浮かべる。

「これで決心がついただろう？　提案があるんだ」

「提案？」

首を軽く傾《かし》げる。

「契約社員の期間はいつまで？」

「八月までです」

「八月か。終了したら海外旅行へ行かないか？」

「海外旅行ですか……？」

「ちょうどその頃、うちの客船がヨーロッパを回っている。停泊している国へ飛行機で行き、船に乗り換えてあちこち巡らないか？　期間は二週間くらいか」

「そんなに長い期間、北斗さんは大丈夫なんですか？」

「実は招待客が五十名ほど乗っていて、仕事がらみでもあるんだ。紫穂は婚約者として同行してもらいたい」

「夢のようです。私、本当に北斗さんのお嫁さんになっていいんですね？　お義父様はお義祖父《じい》様と綾斗さんも喜んでくれるとおっしゃっていましたが……」

「ああ。大丈夫だ」

　そこへ色とりどりのサラダ、地元でとれた新鮮な魚のグリル、そして沖縄特産の豚肉を使ったジューシーな料理が並ぶ。

　香ばしい料理の香りが食欲をそそる。

　ひと口ひと口、おいしい料理を楽しみながら、目の前の絶景に癒《い》やされる。数時間前までは東京《とうきょう》の家にいたのに、今はこんなに景色のいいところにいるなんて……。

　波の音が微《かす》かに聞こえ、遠くで子供たちが楽しそうに遊ぶ声も耳に入ってくる。風が心地よく、ヤシの木が優雅に揺れる光景は、まさにリゾートそのもの。

デザートには、ホテル特製の沖縄特産のパイナップルを使ったタルトをいただく。甘酸っぱいパイナップルとサクサクのタルト生地が口の中で蕩《とろ》け、あまりのおいしさに悶《もだ》えてしまう。

「何個でも食べられそうです」

「部屋に用意しておくよう頼もうか？」

「い、いいえ、大丈夫です。そんなに食べたら太っちゃいます」

大きく首を左右に振ると、同意するように笑う。

「他にもおいしいものがたくさんあるから、そっちを楽しもう」

そう言って、食後に出されたアイスコーヒーを飲む。

「北斗さん、連れてきてくれてありがとうございます。別世界へ来たみたいです」

「外国の景色を早く見せてあげたい。紫穂のことだ。ずっと感動しっぱなしじゃないかな。そうだ。パスポートを取らないと」

「あ！　外国へ行くのなら必要でしたね。来週申請に行ってきます」

大事なことを忘れるところだった。

食事を終えて、支配人自ら部屋に案内されてふたりきりになると、ポカンと口を開いたまま閉じられない。

「……スイートルームだったなんて……北斗さん、贅沢《ぜいたく》すぎて罰が当たりそうです」

「堅実な紫穂らしい。初めての旅行なんだ。これくらいの贅沢は許される」

広々としたリビングエリアには、ハイビスカスや極楽鳥花《ごくらくちょうか》が描かれた座り心地のよさそうなソファがあって目を惹《ひ》く。

壁には沖縄の文化と自然の美しさが表現されたアートが飾られている。大きなバルコニーからは太平洋の絶景を楽しめ、椅子《いす》に座って一日中でも眺《なが》めていられそうだ。

その浮き足立った気分はベッドルームへ行って困惑する。

キングサイズのベッドを目にして心臓が暴れ始める。

そうだ。今日……まさか、昼間っからはないよね。

その時、「紫穂」と、名前を呼ばれ背後から抱きしめられて振り向かされるが、恥ずかしくて顔が上げられない。

「紫穂」

もう一度名前を呼ばれて、顎に手を添えられ上を向かされると、北斗さんのブラウンの瞳に私の顔が映る。

熱い眼差《まなざ》しで見つめられ、心臓が早鐘を打ち、呼吸が乱れる。

顎に触れていた手は、耳のうしろに移動して彼のほうへ引き寄せられた。

唇が重なるが、ちゅっと音を立てて唇が離れた。

「ドライブをしよう」

今、北斗さんは私を抱くつもりはないらしい。

とはいえ、ドライブの提案は嬉しい。

私が緊張しているから……？

「はいっ」

「そんな笑顔で言われると自信をなくすよ」

「か、覚悟はしていましたよ。でも、ドライブも捨てがたいです」

頬に熱が集まってくる。

そんな私の頬を両手で囲んだ北斗さんは、軽くおでこにキスを落とす。

甘々で、胸がキュッとなって心臓が痛い。

北斗さんが連れてきてくれたのは美《ちゅ》ら海《うみ》水族館だった。

外にジンベエザメのモニュメントがあり、夏休み前だが家族連れを多く見かける。

閉館まであまり時間がないが、有名なジンベエザメを観ることにした。

目に飛び込んできた巨大な水槽に目を丸くさせる。

色とりどりの魚たちや、大きなジンベエザメとナンヨウマンタが優雅に泳ぐ姿は圧巻で、ため息が漏れる。

「大きな水槽……」

「これくらい大きくないと、ジンベエザメは飼育できそうもないな」

「口が可愛いですね。ジンベエザメ」

ジンベエザメが私たちが立っている近くを悠々と泳ぎ通り過ぎる。周りにいる人たちはシャッターチャンスとばかりにスマートフォンを向けている。

「紫穂に大きなぬいぐるみをプレゼントしよう」

「え？　私はもう子供じゃないですよ。二十七の大人です」

「子供の頃は自由がなかったし、楽しんだ記憶もないんじゃないか？　買おう。いつか俺たちの子供が喜ぶ」

北斗さんは売店で、抱きかかえるほど大きなジンベエザメのぬいぐるみをプレゼントしてくれた。

十七時過ぎ、再び車に乗ってしばらく走って北斗さんは停車させた。

ジンベエザメのぬいぐるみは後部座席に乗せられている。

「ビーチを散歩しよう」

北斗さんに手を引かれ、人けのないビーチを歩く。

砂浜が白くて波が静かなビーチで、もうそろそろ日没のようだ。目の前には黄金色《こがね》に染まった沖縄の美しい夕日が広がっている。

波が穏やかに打ち寄せる音が耳に心地よくて別世界にいるみたい。

「紫穂」

北斗さんが少し緊張した面持ちで私の手を取り、砂浜にひざまずく。

「北斗……さん？」

「ちゃんとプロポーズさせてくれ。紫穂、俺と結婚してほしい。君を愛しみ幸せにすると誓う。もう二度と離さない」

北斗さんの言葉に目頭が熱くなり、ゆっくりと頷きながら「はい」と答えると、彼の顔に笑みが広がった。

北斗さんはポケットから小さなベルベットの箱を取り出し、中から輝く指輪を取り出した。

美しい夕日をバックに、北斗さんは美しいダイヤモンドのエンゲージリングを左手の薬指にそっとはめてくれた。

「……こんな素敵なところでプロポーズされるなんて……夢のようです。北斗さんと出会ってからずっと夢を見ているみたい」

「夢じゃない。これからは俺が守るから、ずっとそばにいてくれ」

「……はい。北斗さん」

胸が熱くなって涙がこみ上げてくる。

「ど、どうしよう……」

ポロポロと涙がこぼれ落ちてきて、急いで目元に手をやる。

「紫穂、泣かないでくれ」

北斗さんの困惑したような声の後、ハンカチで優しく拭《ぬぐ》われる。

「ごめんなさい……、幸せすぎて……涙が……」

次の瞬間、強く抱きしめられ、なだめるようなキスを落とされた。

ホテルのスイートルームに戻って来たのは二十時近くで、すぐに部屋に夕食が運ばれた。お料理が冷めないようにクローシュという銀色のドーム型の蓋《ふた》がされている。

「紫穂、食べよう。おなかが空いただろう?」

そう言われても幸せで胸がいっぱいなせいか、空腹感はない。

私を椅子に座らせた北斗さんは、スパークリングワインの栓を慣れた動きで開けて二脚のフルートグラスに注ぐ。

「乾杯しよう。今日は俺たちのプロポーズ記念日だ」

「はい。北斗さん、これからもよろしくお願いします」

フルートグラスを掲げてから口にする。アルコールはほとんど飲まないので、かぁっと喉から胃に落ちていき、刺激が体を駆け抜ける。

ジンベエザメのぬいぐるみは、ハイビスカスと極楽鳥花の描かれたソファに置かれている。

北斗さんがすべてのクローシュを取り外し、テーブルの端に置く。

柔らかくピンク色をしたミディアムレアのローストビーフ、添えられたホースラディッシュソースや、赤ワインを使用したグレイビーソースがとてもおいしそうだ。

鮮《あざ》やかな野菜のテリーヌもあり、パプリカやズッキーニ、にんじんなどで断面が美しい。

空腹感はなかったのに、ひと口ローストビーフを食べたらとてもおいしくて、しっかり食べられそうだ。

ナイフとフォークを持つ手に視線を落とすと、左手の薬指に輝く大きなダイヤモンドのエンゲージリングが目に留まる。

一粒のダイヤモンドの周りにメレダイヤが施されていて、最高に美しいエンゲージリングだ。

「北斗さんにはたくさんのことをしてもらって感謝しています」

「紫穂、感謝なんていらない。当然のことをしているまでだ」

そう言った北斗さんは、きれいな所作でローストビーフを切って口に運んだ。

『一緒に風呂に入るにはハードルが高いよな』

そう言って、北斗さんは先に入りにいってくれた。

この後のことを考えると、どうにも落ち着かない。ソファを立ったり座ったり、ジンベエザメのぬいぐるみを抱きしめたりしていた。

緊張しながら待っていたリビングエリアに、髪の毛をタオルで拭きながら北斗さんが現れたところで、ソファから飛び跳ねるように立ち上がった。

彼はしっかり紺色のサテン地のパジャマを着ている。

そんな私を見て北斗さんは「今すぐ襲わないから安心するんだ」と、端整な顔に苦笑いを浮かべる。

「わ、私も入ってきます」

「ベッドルームにいる」

そそくさとリビングエリアから離れ、豪華なバスルームに足を踏み入れた。

服を脱いで中へ入る。

大人が四人入っても大丈夫なくらいの大きさのバスタブに目を丸くする。

かけ湯をしてからバスタブに体を沈め、大きく息を吸って吐《は》いた。

緊張はしているけれど、北斗さんだから怖くない。むしろ私のほうが母と同じだったらと思うと恐ろしくて、やはり結婚しないほうがいいのではないかと考えてしまう。

髪を洗い終え、体をスポンジで泡立てていると目の前の鏡に映る自分の姿を見遣《みや》る。

胸はグラマラスじゃなく、ウエストもキュッとしまっているわけじゃない。

魅力が足りない気がする……。

この先、私の浮気よりも、北斗さんの浮気を疑ったほうがいいかもしれない。

そこでふっと笑みを漏らす。

先のことを考えても仕方ない。私は北斗さんを信じてついていけばいいのだ。

ふっともやもやが吹っ切れたみたいで、心が軽くなるのを感じた。

ホテルのサテン地のバスローブを身に着けて、ベッドルームへ歩を進める。

その足は少し震えている。

北斗さんはベッドルームの窓際に立ってこちらに背を向けていた。

「暗くて何も見えない……ですよね？」

彼は私の声に振り返り、楽しそうな笑みを浮かべて近づいてくる。

「そうだな。自分の顔を見ていたんだ」

「え？　ナルシストだったんですか？」

首を傾げる私の腰に北斗さんの両手が置かれる。

「冗談だ」

乾いた笑い声の後、私の鼻のてっぺんにキスが落とされる。

「考え事をしていたんだ」

「何か困ったことでも……？」

「あらためて紫穂を幸せにしようとね。それにはどうすればいいか」

「私は北斗さんと再会できて、すでに幸せなんです。だから考える必要はないですよ」

「そんな可愛いことを言われたら、自制心がなくなってしまう」

北斗さんはグイッと私の腰を引き寄せ、唇に噛《か》みつくようなキスをする。

「んんっ……」

唇は私の唇を吸ったり、軽く食《は》んだりして翻弄《ほんろう》する。

そうされることで、自然と唇が開いていって、熱を帯びた北斗さんの舌が口腔内を蹂躙《じゅうりん》していく。

北斗さんは私の膝の裏に腕を差し入れて抱き上げ、キングサイズのベッドに下ろした。

「怖い？」

「さっきまでそう思っていました。でも、北斗さんが全力で私を幸せにしようとしてくれているので、もう何も怖くないです」

「紫穂……！」

再び唇が重なりキスが深まっていく。いつの間にか私の後頭部は、ふかふかの枕の上へ。

私を組み敷いた北斗さんは漆黒の瞳で見つめてくる。

その熱い眼差しと美麗な顔に、心臓が痛いくらいドキドキと暴れ始めた。

バスローブの紐が解かれて前が開かれた瞬間、羞恥心《しゅうちしん》に襲われて慌てて胸に手をやる。

「隠しても無駄だぞ」

「恥ずかしくなったんです。人に見せるなんて初めてで、私の胸はそれほど魅力的ではないし……」

「それは俺が判断する。どんなナイスバディの女性でも俺は紫穂じゃないと、愛し合いたいと思わない」

「北斗さん……」

両手首が掴《つか》まれて上で押さえ込まれ「あっ！」と声をあげたが、北斗さんの口が胸の頂《いただき》をペロッと舐《な》め、舌で舐《ねぶ》られる。

腰の辺りがじわじわと疼《うず》き始めてきて、これはなんなの？　と、困惑する。

「きれいだよ。無垢《むく》な体で、触れるのが怖くなるくらいに」

北斗さんはパジャマの前ボタンを外し上半身裸になる。これほどまでに美しい筋肉の持ち主だとは思ってもみなかった。腹部はきれいに割れていて、思わず指先でなぞると、北斗さんが呻《うめ》くような声が漏れる。

「紫穂に触れられるだけで制御ができなくなりそうだ」

自虐的に微笑みを浮かべた唇は私の唇を荒々しく塞《ふさ》ぎ、何度も角度を変えて貪《むさぼ》る。

「っ……ふ……」

淫《みだ》らなキスをする唇は喉元から耳朶に移動していく。

北斗さんは私の素肌に指や唇、舌で余すところなく愛撫《あいぶ》して、私の気持ちいいところを引き出していった。

北斗さんの背に腕を回し、律動する彼の下で喘《あえ》ぐ。これが快感なのだ。彼がうまいのだろう。バージンは痛みで快感を得ることはないと聞いていたから。

どんどん高みに持っていかれ、急下降するみたいに何かが弾《はじ》けた。

私は北斗さんだけ……お母さんのようにはならない。

喘ぐ唇を甘く塞がれ、下唇が食まれる。

「愛している」

「っ、はぁ……は、私も……愛、愛してます」

荒い呼吸が収まっても、しばらく抱きしめられていた。

七、憧れの豪華客船の旅

沖縄《おきなわ》旅行を満喫し、いつもどおりの日常が戻って来た。

北斗《ほくと》さんと約束した豪華客船の旅行まで一カ月ちょっとしかないので、パスポート申請に必要な書類を区役所で発行してもらい、二日後のお昼休みを利用して有楽町《ゆうらくちょう》交通会館にあるパスポートセンターへ赴《おもむ》いた。

無事に申請が終わり、今月中には出来上がる。

自宅マンションの売却は帰国後に手続きをすることにした。

四十九日も過ぎ、骨壺は都内の納骨堂に安置が終わった。


八月二十五日付で広告代理店の契約期間が終わった。

その翌日、かねて北斗さんが計画していた旅行へ出発する。

天王寺《てんのうじ》商船の豪華クルーズ船は、もうすぐティレニア海に面したイタリアのチビタベッキアという港町に寄港する。

ローマ市内へは、シャトルバスや電車で一時間半ほどでアクセスできるらしい。乗客たちは豪華クルーズ船が手配しているバスで市内観光をするのだと、北斗さんが教えてくれていた。

私たちは飛行機でローマに飛び、豪華客船のクルーズに合流することになっている。十三時二十分に羽田《はねだ》空港を飛び立ち、ローマへは二十時二十五分到着予定で、フライト時間は十五時間五分。

飛行機に乗ったのは北斗さんが連れて行ってくれた沖縄だけ。あの時の三時間はあっという間に思えたけれど、今回は十五時間のフライトだ。

そんなに長い時間を飛行機の中で過ごすのは退屈しないだろうか。

ううん、北斗さんがいるんだもの。退屈するわけがない。

羽田空港のパーキングに北斗さんは車を止め、六個のキャリーケースを出す。

「北斗さん、そんなに荷物が……？」

ひとつは私のキャリーケースだ。ランドリーもあると聞いているので洗えばいいかと思って、荷物は少なめだ。

「このうちのふたつは、紫穂のドレスが入っている」

船上ではパーティーもあると聞いたけれど、ドレスなんて持っていない私はどうしたものかと思っていたら、北斗さんが見立ててくれると言うのでお任せしたのだ。

「ふたつのキャリーケースに？　ご、ごめんなさいっ、任せっぱなしで」

「いいんだ。俺に任せてと言っただろう？　紫穂に似合うドレスを探すのは楽しかった。さあ、行こう」

カートにキャリーケースを積み上げて、国際線出発ロビーへ向かった。

《当機はまもなく羽田空港を離陸いたします。シートベルトを締め、座席の背もたれをもとの位置に戻し、テーブルをおしまいください。また電子機器のご使用はお控えいただきますようお願いいたします。着陸時の揺れに備えてお手荷物も確実に収納してください》

ファーストクラスの贅沢《ぜいたく》なレザーの席に座りながら、機内アナウンスを聞いている。ふたりで並べる席は窓側にはなく、北斗さんは真ん中の二席を取ってくれていた。

私がファーストクラスに乗るなんて驚くべきことだ。だけど、最高のものを求めている天王寺家の人たちなら普通のことなのだろう。

以前母が再婚した時、ファーストクラスに乗ったのよと喜んでいたのを思い出した。ファーストクラスの席は個室ブースになっているが、真ん中の席は仕切りを外してあるとのことで、北斗さんと話ができる。

こんなに贅沢をさせてもらって申し訳なく、その言葉と共にお礼を伝えると、北斗さんは「こんなのは序の口だ。礼を言われるまでもないよ」と麗《うるわ》しく微笑《ほほえ》んだ。

料理も五つ星レストランのコースのように完璧で、飛行機の中で食べているとは思えないほどおいしかった。

映画を観たり北斗さんと話をしたり、手を繋《つな》いで眠ったりしているうちに、ローマのレオナルド・ダ・ヴィンチ国際空港に定刻通り到着した。

すでに夜になっている。今日はローマ市内のホテルに一泊する予定で、空港からホテルの迎えの車で向かった。

市内に近づくにつれ、徐々に灯りが増え、夜の街が目に入ってくる。歴史的な建造物や教会はライトアップされており、車窓から見ても美しくて目を逸《そ》らせない。

そして、石造りの建物や高級ホテル、レストランやブティックが建ち並ぶエリアになると、二十二時に近いというのに、街はたくさんの人が行き交う様子が見られる。

初めての外国にワクワクが止まらない。

翌朝、隣で眠っていた北斗さんが動く気配がして目を開ける。緑色のベルベッドのカーテンの隙間から日が差し込んでいた。

幸せを実感して布団の中で伸びをする。

「おはよう」

北斗さんの顔が近づいてきて、唇にキスが落とされる。

「おはようございます。とても気持ちのいい朝ですね」

「ああ。朝食を食べたら観光に出掛けようか」

「はいっ」

起き上がろうとする体が軽く押さえ込まれて、唇が塞《ふさ》がれる。

「その前に」

「ほ、北斗さんっ、まだ、朝……！」

ナイトウエアの前ボタンに長い指がかかり、露《あら》わになった肩に彼は唇をちゅっと当てる。それから北斗さんの唇が耳元に近づき、耳朶を舐《な》められる。

それだけで、昨晩も愛された下腹部が疼《うず》き始める。

「愛し合うのは朝も夜も関係ない」

大きな手のひらが胸の膨らみを包み込み、やんわりと揉《も》まれるうちに、彼は片方の手で器用に私のナイトウエアを脱がした。

ルームサービスの朝食後、タクシーに乗って観光に出る。

到着までの四十分、初めての外国の景色に目がくぎ付けになり、そうしているうちにコロッセオに到着した。

「すごい！　とても大きいんですね」

以前は海外に行くことはないだろうと興味はなかったが、今回の旅行のおかげでイタリア・ギリシャ・トルコのガイドブックを購入して勉強した。

中でもトルコは、先日の旅行代理店の仕事に携わっていたので、嬉しさもひとしおだ。

「コロッセオは紀元八十年完成し、その当時のローマ帝国の最も華やかな時期の象徴だな。中へ入ろう」

手を繋いで歩を進める。北斗さんはチケットをサイトで買ってくれており、入場もスムーズにいく。

円形闘技場が見られるところまで出て、下を眺《なが》める。

その光景の壮大さに息を呑《の》んだ。

石造りの観客席が何層にも重なり天に向かって広がっており、夢中でスマートフォンのカメラを向ける。

「ここで剣闘士の戦いや野生動物との戦い、会戦の再現など、様々なエンターテインメントが行われていたんだ」

石造りのアーチや柱がしっかりと保存されている。

「大昔の建築物がまだこうして残っていることが感慨深いです」

「ああ。本当に素晴らしい」

コロッセオの内部をぐるりと見学した後、近くにあるフォロ・ロマーノへ向かった。

あちこちに遺跡が点在しているのはすごいことだと思う。

「暑いな。体調は大丈夫か？」

八月下旬のローマの気温は三十度くらいで、比較的湿度が低い。日本よりも暑さは感じないけれど、かぶっているストローハットとノースリーブのワンピースのおかげかもしれない。

「大丈夫です。北斗さんがスニーカーのほうがいいと言ってくれたから、足も楽です」

ホテルの部屋でパンプスを履いて出ようとした時、「ローマの街は石畳が多いし、遺跡は歩きづらいところもあるからスニーカーがいい」と勧めてくれたのだ。

「じゃあ、これからトラットリアへ行こう」

「トラットリア……?」

聞きなれない言葉に首を傾《かし》げる。

「イタリアの大衆的なレストランのことだよ」

「ふふっ、北斗さんでもそういうレストランへ行くんですね」

出会ってから今まで高級レストランが多かったせいで、不思議な感じだ。

「俺だってそういった店にだって入るさ。これから行くところはとてもおいしいから、紫穂に食べてもらいたいんだ」

「楽しみです。メニューも選んでくださいね」

にっこり笑うと、北斗さんの頭が下りてきて唇にキスが落とされる。

古代遺跡の真ん中で、しかも観光客もたくさんにいるのにキスされて驚きを隠せず、かあっと頬に熱が集まってくる。

「では行こう」

手を取られて、フォロ・ロマーノの出口に向かい歩を進める。着いたところは地下鉄乗り場で、これも新しい経験だと喜んだ。

十分ほど乗り、そこからすぐのところに北斗さんお勧めのトラットリアがあった。

店内で食事をしているのは、地元の人ばかりに見える。

賑《にぎ》やかな集団を避《さ》けた静かな四人掛けのテーブルに案内されて席に座る。

「楽しそうですね」

「イタリア人は陽気だからな」

小さく微笑んだ北斗さんはメニュー表へ視線を落とした。

「アーティチョークのフリットにカルボナーラ、メインはサルティンボッカ・アッラ・ロマーナにしよう」

カルボナーラがとても有名なお店で、サルティンボッカ・アッラ・ロマーナは柔らかい仔牛の肉をセージとプロシュートで包んで、白ワインソースで仕上げた料理だと北斗さんは教えてくれる。

「この後、二カ所ほど観光したら船に向かおう」

「はい。クルーズ船の乗船客も、今日ローマ市内を観光しているのですか?」

「ああ。寄港地のたびに何台ものバスで観光地へ向かっている。希望制になるが」

赤ワインとアーティチョークのフリットが運ばれてきた。

「いただきます」

北斗さんに取り分けられたフリットをナイフとフォークを使って口に入れる。サクッとしてほろ苦さもあっておいしい。

「これ好きです。アーティチョークって名前は聞いたことがありますが、どんな野菜なのでしょうか」

私がスマートフォンで調べる前に、北斗さんが自分のスマートフォンを私に見せてくれる。大きくて丸みを帯びた花の蕾《つぼみ》みたいな野菜だった。

「キク科の多年草なんですね。いい経験です」

それからカルボナーラやメインが運ばれてきて、さすが北斗さんがお勧めするお店だと、舌鼓を打った。

食事が済むとトラットリアを出て、マルス広場に建造された神殿・パンテオンやテレビでも観たことがあるトレビの泉、有名な真実の口、スペイン広場などを訪れた。

観光しながら、北斗さんは途中の土産物店に入り私が欲しがったＲＯＭＡとプリントされているマグネットやパティスリーでチョコレートなどを買ってくれた。

少しウトウトしていたところへ、チビタベッキアという港町にそろそろ到着すると北斗さんの声が聞こえて目を開けた。いつの間にか彼の肩に寄りかかっていた。

「ごめんなさい。いつの間にか寝ちゃって。重かったでしょう」

状態をまっすぐにして北斗さんへ顔を向ける。

「紫穂の頭の重みくらいどうってことない。むしろ安心されていると思って嬉しかった。ずっと歩き回っていたからな。疲れただろう」

「とても気持ちがよくて……」

時刻は二十一時になろうとしていた。

送迎車の車窓から、港に停泊している天王寺商船所有の豪華客船インフィニティドリーム号の壮観な姿が見えてきた。

「とても大きいんですね」

「ああ。全長約二百メートル、幅約二十六メートルある。船内にはプールやスパ、フィットネスジムや、カードルーム、バー、レストランは七つある」

天王寺商船がこんなすごい豪華客船を所有しているなんて……。

近づくにつれて、はっきり見えてくる美しい船体にため息が漏れる。

豪華客船のタラップの下で白い制服、制帽姿の日本人男性と、黒のスーツを着た男性が待っている。他にも三人スタッフらしき男女が控えていた。

タクシーから降りると、ふたりが頭を下げる。スタッフたちは六つのキャリーケースを手分けして運ぼうとしている。

「鎌田《かまた》船長、本橋《もとはし》客室長、航海ご苦労さまです。私のフィアンセを紹介します。樫井《かしい》紫穂さんです」

鎌田船長が北斗さんと握手を交わし、次に私と握手する。

「天王寺社長がフィアンセをお連れになると聞き、どのような女性なのかと思っていましたが、とても可愛《かわい》らしい方でお似合いでございます」

お世辞かもしれないけれど、そう言ってもらえるのは嬉しい。

それにしても、なんて優美なクルーズ船なんだろう……。

北斗さんの手に支えられ、タラップを上がって船内へ歩を進める。

船内に足を踏み入れると、広々としたエントランスホールになっており、天井には豪華なシャンデリアが輝いている。

船内には着飾った男女や普段着の男女、どちらかというと年齢が上の人たちが多く見受けられるが、皆笑顔でとても楽しいクルーズ旅なのだろうとわかる。

そこへ本橋客室長がそばに来て「お部屋へご案内いたします」と言ってエレベーターホールへ向かった。

最上階でエレベーターを降りると、広いホールがあり本橋客室長がその先のドアを開けて、私たちを促す。

本橋客室長と話をしている北斗さんから離れて部屋を歩く。

「わぁ……」

まるでホテルのスイートルームのように広くてゴージャスだ。

プレジデントデスクやダイニングテーブル、ソファセット、キングサイズのベッドの向こうはジェットバスがある。

まるで動くホテルみたいだと感動する。

ジェットバスがあるデッキはかなり広く、そこにもソファセットが置かれている。

「気に入った？」

ふいにうしろから腕が回り、頭の上から楽しそうな声が降ってくる。

「それはもう……こんな世界があるなんてびっくりしました」

彼の唇が髪に触れるのを感じて、腕の中で北斗さんのほうへ向き直る。

「紫穂もその世界の住人だ。好きな時にジェットバスに入れるが？　なんなら今からでも」

「今日は普通のバスに入って寝たいです」

「たしかに今日はハードだったな」

「たくさん見て回れて最高でした」

そう言ってあくびを噛《か》み殺す私を見て、北斗さんは愛しげに目を細める。

「ひとりでバスルームを使わせてあげるから入ってきて」

「はいっ」

お風呂の前に、ふたりで入り口に置かれたキャリーケースをベッド近くのウォークインクローゼットに持っていく。

荷解きは明日にすることにして、着替えとナイトウエアだけを持って北斗さんが案内してくれたバスルームに入った。

バスルームも船の上とは思えないほど広々としている。円い窓から外が見えるが海の方向のようで外は真っ暗だ。

自分がこんな贅沢をしているなんて、今も信じられない思いに駆られる。

母が天王寺家を出てからは、頻繁に男の人が家を出入りして、いつも気が気でなかったし、新しい父親もできたが私にとってはただの他人だった。

就職してからも島本《しまもと》の出現で大手自動車会社を退職に追い詰められ、次のコーヒーショップでも同じ目に遭った。

ずっと悪いことしかなかった私の人生は、のろのろと過ぎていった。

それなのに、北斗さんと再会してからはジェットコースターに乗っているみたいに楽しいことばかりだ。

贅沢がいいと言っているのではなく、愛している人がそばにいて時間を共に過ごすのは楽しいし、幸せな時間だ。


バスルームから出て着替えを済ませ、リビングでコーヒーカップを片手にタブレットを見ている北斗さんに近づく。

「何か飲む？　冷蔵庫にソフトドリンクを用意してもらっている」

北斗さんが立ち上がろうとするところを「自分で取ります」と言って制して、バーカウンターへ行き、冷蔵庫からミネラルウォーターのペットボトルを手に戻った。

それから彼の隣に腰を下ろす。

「これから出航し、早朝にナポリへ到着する。パーティーは明々後日のディナーになるよ。鎌田船長によれば、招待客全員がクルーズを楽しんでくれているようだ」

「こんなに素敵《すてき》な船で旅ができるんですから、喜ばないわけがないです」

ミネラルウォーターをゴクゴクッと飲んでにっこり笑う。

「俺はこの先、乗ることがあっても、紫穂がそばにいないと楽しくないから、絶対についてきて来てほしい」

「またこんな機会があるんですか？」

「ああ。ただし仕事がらみじゃなく、プライベートで来たいものだな。疲れただろう。先に寝ていてくれ。俺は少し仕事をする」

二週間も日本を離れていれば、仕事は山積みになるのだろう。

「はい。お先に。おやすみなさい」

「おやすみ」

北斗さんがソファから立ち上がり、腰をかがめて私の唇にキスを落とすと、再び腰を下ろしてタブレットを手にした。


豪華客船は早朝、ポルト・ディ・ナポリ港に寄港した。

疲れていたのだろう。夢も見ないくらいぐっすり眠れた。

スイートルームのデッキに出てみると、ソファセットのテーブルに朝食が用意されている。

ポットからふたつのカップにコーヒーを注ぐ。テーブルにはベーコンエッグや生ハムが載ったサラダ、魚介類のトマトスープなどが並んでいる。

「北斗さん、あの山はポンペイの街を火砕流で飲み込んだ……？」

私は視線の先に見える山を指さした。

「ああ。ヴェスヴィオ火山だ。今日はナポリを観光後、ポンペイまで足を伸ばそう。車でそれほどかからない」

「北斗さんといると、今まで知らなかったことを知ることができて、賢くなった気がします」

視野が狭かったと反省している。

「紫穂は頭がいいじゃないか」

「運よく援助していただけて一流の私大で勉強ができましたが、就職は失敗続きで……援助してくださった機関に申し訳ない気持ちなんです」

「そんな風に思う必要はないんじゃないかな」

丸パンやクロワッサンが入ったカゴが差し出される。

「北斗さんは優しいですね」

丸パンを手にして、ひと口大にちぎってバターとジャムをつけてから食べる。

「んーおいしい。焼きたてのパンですね。ずっとおいしいものを食べているから、やっぱりプールで泳いだほうがいいでしょうか」

「それもいいな。夜にでもショップに水着を見に行こう。まずは食べたら観光だ」

そよそよと吹く風や、潮の香りも気持ちよくて、今日も素敵な一日になりそう。

チャーターしてくれた車で、二カ所のお城やナポリ大聖堂、ランチを挟んでポンペイへ向かった。

古代ポンペイは公共施設が充実していた劇場、浴場、寺院などもあり、栄えていた都市だった。火山灰に埋もれたこともあって、建物やモザイク、壁画、道具などが良好な状態で保存されている。半日では見切れないくらいのポンペイの遺跡だった。

夕食は豪華客船の四階のレストランでイタリア料理を食べ、部屋に戻る前にショップがあるという三階へ向かった。

三階へ下りてみて目を見張る。

「北斗さん、ここは本当に船の中ですか?」

唖然《あぜん》となっている私に北斗さんはクッと楽しそうに笑う。

「もちろん、ここは船の中だ」

「こんなにたくさんのお店があるなんて……キャンディショップやチョコレートショ

ップ、カフェにドレスショップや……もうすごすぎます」

「水着は……あっちだな」

北斗さんは私の手を握ると、水着ショップへ歩を進める。

ショップではビキニの露出の多いものがまず目に入り、彼を見上げる。

「この場所にいて、恥ずかしくないんですか？」

「特に」

「男性って、ランジェリー売り場で一緒に見るのは恥ずかしさがあると、雑誌で見たことがあります」

「俺はそうは思わない。紫穂に贈るランジェリーを選ぶのも楽しそうだな」

「モテすぎて感覚が鈍ってるんじゃ……？」

今日、北斗さんがふたりの若い外国人女性から声をかけられたのを思い出す。私が隣にいるというのに。

「モテすぎて？　ああ。今日のこと？」

「一緒にいた私は妹にしか見えないみたいです」

「ちゃんと不愛想に断っただろう？」

たしかに北斗さんは素っ気なく、私の左手を持ち上げてエンゲージリングを見せつけて立ち去ったのだ。

そんなことが、今日だけで二回もあった。

「昨日のローマは声をかけられることもなかった。今日がおかしかったんじゃないか？　例えば、ドッキリとか？」

面白い言い分に、おかしくて破顔する。

「もういいです。北斗さんが素敵なのはどうしようもないですし」

「水着を決めよう」

北斗さんが色とりどりの水着へ顔を向ける。

「はい。でもここにあるようなビキニはちょっと……」

「もちろんだ。他の男に紫穂のビキニ姿は絶対に見られたくない」

奥のほうへ行くと、セパレートタイプの水着やワンピースもあってホッとした。


部屋に戻ると、水着ショップで購入したショッパーバッグをソファの上に置く。

「紫穂、それを着てジェットバスに入ろう」

「え？　これからですか？」

「まだ二十一時を回ったところだ。その水着を着た紫穂が見たい」

今は非日常体験をしているのだから、時間も場所も気にする必要はない。そばに北斗さんがいてくれたら、それだけでいいのだから。

「わかりました。着替えてきますね」

ショッパーバッグを持ってパウダールームへ行く。

カットソーと綿のスカートを脱いで、ショッパーバッグから水着を出して着替える。

水着は白のワンピースで、胸のラインはハート形、肩ひもは幅が広くフリルがついている。背中は少し開いているけれど、おとなしめの水着だ。

着替え終えて鏡を見ると、これなら恥ずかしくない。

安堵《あんど》して、北斗さんの待つデッキへ向かった。

北斗さんは膝丈のカーキ色の水着にシンプルなアロハシャツを羽織って、ソファに座っている。

テーブルにスパークリングワインとグラスが用意されていた。

「白がよく似合っている。可愛いな」

真面目な顔で言われて、ボッと顔に火がついたみたいに熱くなる。

「そ、そんな顔で言われたら、恥ずかしくなるじゃないですか」

北斗さんは笑って「こっちへおいで」と隣を示す。

近づいて腰を下ろそうとした次の瞬間、私の腰に腕が回り、ひょいっと北斗さんの膝の上に座らされていた。

「それでは飲みづらいですよ」

「紫穂がグラスに注いで」

北斗さんの膝の上で横抱きのまま、スパークリングワインのボトルを手にして、フルートグラスに注いだ。

「はい。どうぞ」

フルートグラスを渡そうとすると、受け取ってくれない。

「紫穂が口うつしで飲ませて」

「え！　それは……」

困惑していると「早く」と急《せ》かされ、仕方なくスパークリングワインを口に含み、北斗さんの形のいい唇に当てた。

彼はスパークリングワインをゴクッと飲み干す。

「もう……恥ずかしいリクエストはだめですよ。早くジェットバスに入りましょう」

笑っている北斗さんの膝から下りて、ジェットバスに近づいて足をつける。ぬるめの水温が気持ちいい。

北斗さんはフルートグラス二脚とスパークリングワインのボトルを持ってきてジェットバスの縁にあるテーブルに置いた。

そして中に入り私の隣へ来ると、スイッチを押した。

その途端、ブクブクと気泡が勢いよく出て体に当たる。

「気持ちいいです」

「けっこう歩いたから、足が疲れているだろう」

「心地よい疲れです。今日も素敵な一日でした」

北斗さんの顔が近づいて、唇にちゅっとキスをする。

「可愛くて、キスをせずにはいられない」

「返事に困るようなこと言わないでください。そんなに可愛くないですし」

「いや、紫穂は出会った時から可愛かったよ」

いつもからかわれているような気がする。

「北斗さんは出会った頃もかっこよかったです」

「まあな」

不敵な笑みを浮かべた北斗さんは、グラスの中のスパークリングワインを飲み干し、ボトルから注いでいる。

「これから出航ですよね？」

「ああ。シチリアへ行く。十時間ほどかかるから、今日は早めの出航だ。明日の朝到着する」

「楽しみです」

ジェットバスを楽しんでいると、手がふやけてきて今日は終わることに。ちょうど出航合図の汽笛が鳴って、豪華客船は静かに動き出した。


次の日はシチリアの街を観光し、その翌日、北斗さん主催のディナーパーティーが行われる。

今日は一日アテネのピレウス港に向けて航海中だ。

私のドレスは北斗さんの見立てで、ターコイズブルーのワンショルダーでスカートは流れるようなラインだ。

大人っぽいドレスを身に着ける時は躊躇《ちゅうちょ》したが、着てみると年相応に見える。

パウダールームを出てリビングへ白のストラップサンダルで向かうと、タキシード姿の北斗さんが立っていて、一瞬惚《ほう》ける。

男らしい人がドレスシャツを着ると、男の色香を醸しだしとてもよく似合う。いつもよりも甘めで、どこか中性的で美麗な北斗さんだ。

婚約者として大勢の人前に出るのは初めてだし、こんな美しいドレスを着るのも初めてなので、緊張でかちこちになっている。

「紫穂、なんてきれいなんだ。ギリシャの女神のようだな」

「北斗さんが選んでくれたドレスのデザインが、そんな風に見えるのかもしれないです」

他にも彼が選んだというドレスが何着かあったが、今日はこれがふさわしいのではと、ふたりで決めたのだ。

「美しいよ。そうだ。アクセサリーをつけないとな」

北斗さんはチェストの上から、四角いベルベットの平べったい箱を手に戻って来る。

そして、箱を開けて中から深いブルーの煌《きら》めく宝石が連なったネックレスを取り出す。

「プレゼントだ。紫穂は九月生まれだから誕生石のサファイアにした」

私の誕生日は九月十五日。帰国後に誕生日を迎える。

「お誕生日のプレゼントには高価すぎます……」

「必要なものをプレゼントするのだから、金に糸目はつけない」

そう言って、ネックレスをつけてくれる。

それからドロップ型のサファイアがプラチナチェーンの先にぶら下がっているピアスを渡される。

「つけてきて」

「はい。あの北斗さん。こんなに素敵なプレゼント……ありがとうございます」

「俺のフィアンセにふさわしい宝石を贈っただけだよ」

穏やかな笑みを浮かべた北斗さんから離れて、パウダールームへ引き返し、鏡を見ながらピアスをつけて戻る。

歩くたびに頬にひんやりとしたサファイアが触れる。

「では行こうか」

北斗さんが腕を差し出し、その腕に手を置いてドアに向かって歩き出す。

エレベーターに乗って、四階にあるボウルルームへ。

招待客は取引先のＣＥＯや重役で夫婦同伴。私たちのように途中の国から参加の招待客もいるらしい。

ボウルルームの入り口で、鎌田船長と本橋客室長が出迎えてくれる。

「おつかれさまです。手配ご苦労さまです」

北斗さんがふたりに声をかける。

長方形のテーブルが三列に、サファイアブルーのテーブルクロス。その上に美しい皿とカトラリーがセットしてある。

テーブルの中央には生き生きとした花々が活けられていた。

サファイアブルー……、私に着けてくれたサファイアと合わせたの……？

「とんでもありません。当然のことです。昨日新鮮な魚介類や野菜を仕入れたので、お客様に満足いただけるようにシェフが用意しております」

シチリアはレモンが有名だから、何かお料理に入っているのかな。そう考えると、楽しみだ。

そこへ年配の男女がやって来た。

北斗さんは私をエスコートして、男女の元へ近づく。

有名な製鉄会社の社長夫婦だった。

私をフィアンセだと紹介し、「なんだ。天王寺君に素敵なお嬢さんがいたのか。娘を紹介しようと思っていたのだが」と残念そうだ。

「あなた、そう言ってはフィアンセの方に失礼ですよ。とてもお似合いのおふたりですね。お幸せになってください」

「ありがとうございます」

北斗さんが微笑し、私は軽くお辞儀をした。

それから次々と招待客が現れ、挨拶をしていく。

あまりにも多すぎて次に会った時は、どこの会社で顔も名前も覚えていないだろう。

北斗さんがパリでスカウトしたという、一流のフランス人シェフが丹精込めた料理の数々が出される。

前菜はキャビアがふんだんに使われたスモークサーモンのタルタル。レモンも使われていて風味と酸味がよい極上の一品だ。

メインディッシュにはフィレミニョンとロブスターのグリル。ロブスターのソースがハーブを利かせたバターとガーリック風味だ。

デザートはレモンメレンゲパイとピスタチオのジェラート。

どれもとてもおいしくて、食べすぎてしまっておなかが苦しかった。

招待客も料理や会話を楽しみ、和やかにパーティーは終わった。


翌朝、アテネのピレウス港に到着し、楽しみにしていたアクロポリスや壮大なパルテノン神殿、アテネ国立考古学博物館など時間をかけて見学した。

ランチは初めて食べるギリシャ料理。

ピタブレッドにつけて食べるディップ、ナスとトマトにひき肉の層を重ねたムサカ、シンプルなサラダに乗っていたフェタチーズがとてもおいしかった。


アテネを出航し二日後に、トルコ・イスタンブールに到着する。

イスタンブールに到着後、私たちは下船する。

豪華客船の旅に少し慣れて楽しんでいたところでお別れするのは寂しいけれど、色々な土地を巡って観光させてもらって素晴らしい経験だった。

プール近くのカフェのカウンター席に座り、アイスカフェラテを飲みながら、部屋で仕事を片付けてから来る北斗さんを待っている。

大きな窓からプールでのんびり泳いでいる男女や、隣のジェットバスに入って二組の夫婦が談笑しているところを眺《なが》め、スマートフォンを出してローマから撮った写真を出して見ていく。

その時々の会話や思い出が蘇《よみがえ》り、思わず微笑みを浮かべる。

「何が楽しいんだ?」

北斗さんの声が頭の上から降ってきて見上げる。

「写真を見ていたんです。スマートフォンの容量が危なそうです」

隣の椅子に彼が腰を下ろすと、スタッフがやって来てオーダーを取っていく。

「たくさん撮っていたからな」

「はい。見てください、これ。我ながらきれいに撮れていると思って」

北斗さんに見せたのはアテネのパルテノン神殿だ。

観光客で混雑していたが、それがいい感じで構図に入り込んでいる。

「そうだな。上手だ。俺のも見せようか？」

「見たいです」

彼はポケットからスマートフォンを出して、タップして写真を表示させる。

「え？」

見せてくれた写真はスマートフォンをどこかに向けている私の横顔だ。服装からいって、ポンペイの遺跡を撮っているところかも。

「うまく撮れているだろう？」

ポートレートになっていて背後がぼやけているが、嬉しそうに笑っている私がくっきりと撮れている。

「北斗さん、私じゃなくて観光地を……」

「俺は何度も見ている。紫穂を見ているほうが楽しい」

北斗さんは首を傾けて私に麗しく笑みを向ける。

いつでも彼は私を全力で愛してくれている。糖度たっぷりの婚前旅行で、私ほど幸せな女性はいないだろうと思わせてくれる。

「明日、イスタンブールへ到着するが、観光スポットを巡ってから帰国するからまだ名残を惜しむのは早い」

「あちこち観光に？」

そこへ北斗さんがオーダーしたアイスコーヒーとメロンがたっぷり乗ったフルーツケーキが運ばれてきた。

フルーツケーキのお皿が私の前に置かれる。

「二時間前にランチを食べたばかりなのに……」

腕時計で時間を確認して、おもむろにため息をつくと彼が楽しげに笑う。

「三時のおやつでいいじゃないか」

「そうですね。実は食べたいと思っていたけれど、自制していたんです。北斗さんには私が考えていることがわかってしまいますね」

「紫穂を愛しているからな」

この場で愛していると言われるとは思っていなくて面食らっていると、楽しげに唇にキスをされた。

「そうだ。イスタンブールのホテルに兄貴とハルが来る」

「綾斗《あやと》さんと遥斗《はると》さんが？」

「ああ。たまたま仕事の用事でこっちに来るから、俺たちの日程と合わせたらしい」

そう言ってアイスコーヒーを飲む。

「お会いするのは緊張します。綾斗さんは私が小学六年の時に留学してしまったので……十六年ぶり。遥斗さんはその年にニューヨークから遊びに来た時に会ったので、同じですね」

「緊張する必要はないさ。ふたりとも俺たちのことを喜んでくれている」

「……はい」

「ほら、ケーキは食べないのか？　それなら俺が食べよう」

北斗さんはフォークを手にして、ひと口大に切って自分の口に運ぼうとしたが、方向を変えて「え？」と見ている私の口に入れた。

ふざける北斗さんに笑いながらケーキを咀嚼《そしゃく》していると「ここにクリームがついている」と自分の唇の端を指さし、私が指で拭《ぬぐ》おうとしたところへ彼の顔が近づいてきてペロッと舐《な》められた。

「もうっ、人前なのでだめですっ……！」

怖い顔をしてみせると、さらに顔を近づけてきてキスする素振りをするので、困りつつも嬉しく思った。

クリームをつけたのは確信犯だったのかも。

イスタンブールの港に豪華客船が停泊した。

私たちは鎌田船長と本橋客室長、スタッフたちに挨拶をして下船した。

タクシーでイスタンブール空港へ向かい、国内線でネヴシェヒルへ飛ぶ。そこは私が広告代理店で働いていた時に興味を引かれたカッパドキアがある。

なんの気なしに話したことを北斗さんは覚えてくれていて、予定に組み込んでくれていた。

ネヴシェヒルまでのフライト時間は一時間二十一分。熱気球だけでなく、トルコ雑貨や可愛らしいカフェなどもあるようなので楽しみだ。

お昼過ぎにネヴシェヒルに到着し、タクシーでウチヒサルにある最高級ホテルに向かった。

どんどんカッパドキアの独特な風景が見えてきた。道路沿いに大小様々なフェアリーチムニーと呼ばれる岩柱が点在している。

「カッパドキア、なんだかワクワクします」

「岩山を削って作られたウチヒサル城がもうすぐ見えてくる」

「あ！　あれじゃないですか？」

車窓からでもその雄大な姿を指さすと、北斗さんが「そうだな」と笑みを浮かべて頷いた。


タクシーはウチヒサルの斜面沿いにある最高級ホテルに止まった。

チェックイン後、スイートルームに案内され、ドアを開けた瞬間、感嘆のため息が漏れた。

岩肌が見える内装、豪華なペルシャ絨毯《じゅうたん》が敷かれたリビングルームと一段高くなっているベッドルーム。毎回スイートルームに泊まっているが、この部屋は秘密の部屋みたいでとても素敵だ。

窓に近づくと広々としたテラスがあり、インフィニティプールに驚く。

その向こうは奇岩が眺められ、プールの横に敷かれたペルシャ絨毯と、その上にたくさんのクッションがあって居心地がよさそうだ。そして、そこからの景観が素晴らしい。

こういったテラスでクッションに座って、熱気球を見物している写真は見たことがある。

「北斗さん、すごく素敵なお部屋ですね。ありがとうございます」

「明日の朝、ここから熱気球が見られる。それとも乗りたい？」

「乗ってみたい気もしますが、ちょっと怖いですから見るだけで充分です。でも北斗さんが乗りたいのなら、ついていきます」

「いや、ふたりで朝食をとりながらゆっくり眺めていたほうが楽しそうだ。さてと、おなかが空いただろう。外へ出てランチを食べよう」

北斗さんに促されて部屋を出て、ウチヒサルの町をぶらぶら歩き、見つけたステーキハウスに入った。

チーズがたっぷり乗ったサラダやステーキと赤ワインをオーダーし、岩塩で味付けされたステーキを頬張った。

満足のいくランチの後、ショッピングに出掛けた。

石畳のメインストリートは観光客と地元の人々で賑わっている。

カーペットや陶器、手作りアクセサリーが並んだ露店などもあって、見ているだけで楽しい。

北斗さんはカーペットがたくさん積まれているお店の前で立ち止まる。

「玄関に敷くカーペットを選ぼう」

店主が外に出てきて、「中を見てください」と勧められ、店内へ入る。

「わぁ……」

いろんなペルシャ絨毯が所狭しと置かれていて、中央の台はじっくり見たいカーペットを出す場所のようだ。

「紫穂、気になるのはある？」

「どれも素敵で……」

店主はサイズを北斗さんから聞いて売り込み始める。

彼は店主とのやり取りを楽しんでいるみたいだ。

結果、六畳ほどの大きさのトルコブルーの絨毯に決めた。北斗さんの自宅の白い大理石に映えそうだ。

購入するペルシャ絨毯はイスリム・パターンと言われる螺旋《らせん》状の曲線文様で、よく目にする柄だ。日本へ送る手続きをして支払いを済ませた。

ペルシャ絨毯が高いとは知っていたけれど、驚くほどの金額だった。

ホテルの部屋に戻ってインフィニティプールを使おうということで、買ってもらった水着に着替えてテラスへ出る。

北斗さんはすでに泳いでいるが、ふたかきもすれば端に手がついてしまう。

私に気づいた北斗さんが「おいで」と手招きし、そっと足を水につけるとウエストに腕が回って優しくプールの中に引き込まれた。

目と目が合って、どちらともなく自然と唇が重なり、離れるとふっと微笑み合う。

愛してくれる人がいるって、なんて幸せなんだろう……。

「素敵なホテルに、眺めのいいロケーション。ワクワクが止まりません」

「そうやって、楽しんでくれる紫穂が好きだ」

「ふふっ、明日の早朝も楽しみなんです。たくさんの熱気球が浮かんでいるところを実際に見られるので」

「喜ぶ紫穂の顔は無邪気で、子供みたいだな」

「二十七の女に対して、無邪気だなんて人が聞いたら笑いますよ」

クスッと笑って北斗さんから外へ視線を向ける。

インフィニティプールは、まるで空と大地が溶け合うかのような絶景を提供していた。

青い空の下、プールの水面は太陽の光を受けてキラキラと輝き、遠くには独特な岩のフォルムが広がっている。

あまりにも幸せで嬉しくて楽しくて、しばらく笑い声をあげながら水中で戯《たわむ》れた。

「紫穂が欲しい」

北斗さんの甘い声は媚薬だ。

愛してほしくなる。

私の両頬を大きな手のひらで包みキスを落とす。

「私も……」

北斗さんがインフィニティプールから出て私に手を差し出し、持ち上げられる。

タオルで体をサッと拭いて、バスルームへ直行した。

ザァッとシャワーが頭からかかる中、北斗さんはたまらずに私の中に入ってくる。

片足が持ち上げられ、背中を支える力強い腕に身を任せるしかなかった。

時に激しく、時に緩やかに揺さぶられ、体が蕩《とろ》けそうだ。

北斗さんの腹部辺りに胸の頂《いただき》が擦れ、それさえも快感に変わる。

「あ……あっ、っは……、だ、だめ……」

何度目かわからない絶頂を迎え、しなやかな背中に縋《すが》りついた。


朝焼けの光がカッパドキアの大地を優しく照らし出す中、ふかふかのクッションに座り、目の前に広がる幻想的な風景に心を奪われていた。

空には色とりどりの熱気球が浮かび上がり、まるで空に描かれた絵画のように、ゆっくりと舞い上がっていく。

「見てください。あの赤い気球！　すごく素敵！」

北斗さんは微笑みながら私の肩を優しく抱き寄せる。

「ああ、あれは特に美しいな」

スマートフォンを熱気球に向けて何枚も何枚も撮る。

素晴らしく絵になる光景だった。

熱気球をバックに、私と北斗さんを入れて撮った。

二日間のカッパドキアを楽しんだ後、飛行機に乗ってイスタンブールへ移動した。

明日、綾斗さんと遥斗さんと合流する。

五つ星ホテルのスイートルームにチェックイン後、さっそく観光に出掛けた。

イスタンブールは都会で、観光名所も多い。

エキゾチックな雰囲気を楽しみながら、最初に訪れたのはアヤソフィア大聖堂だ。

壮大な建築物の内部をじっくり見ていく。

高い天井とモザイクが素晴らしい。

次の移動先はブルーモスク。

青いタイルが煌めく内部は、神聖な雰囲気に包まれていた。

オスマン帝国の繁栄のシンボルとされているトプカプ宮殿などを巡り、ホテルへ戻った。


翌日、十二時近くになって先に到着したのは綾斗さんだった。

ホテルのレストランで待ち合わせていて、遥斗さんも空港から向かっていると連絡が北斗さんにあった。

綾斗さんがテーブルに歩を進めて、椅子から立ち上がった私の前に立つ。

身長も体躯《たいく》も北斗さんと同じくらいだけれど、表情から真面目な雰囲気が伝わる。

「紫穂ちゃん、あれから随分経《た》ったが、すぐにわかったよ。結婚おめでとう」

笑顔を向けられ、ホッと安堵して頬を緩ませる。

「綾斗さんは想像していたよりももっと素敵になっていました」

やはり兄弟、綾斗さんと北斗さんはどことなく似ている。

「紫穂、再会した時、俺にはそんなことひと言も言ってくれてないよな？」

北斗さんはからかうような瞳を私に向ける。

「それは、お母さんのことでバタバタしていたからです。でも、心の中では思っていました。あの、綾斗さん。母へのお気遣いありがとうございました」

「当然のことだからいいんだよ」

「兄貴、紫穂。座ろう。ハルはもうすぐ来る」

三人が椅子に座ったところで、遥斗さんが現れた。

彼はふたりの兄より若干身長が高く見える。髪と瞳の色が明るめのブラウンで、それは小学生の頃と変わらない。

「待たせた。紫穂ちゃん！　おめでとう。北斗兄さん、おめでとう」

「遥斗さん……ありがとうございます」

北斗さんの言うとおり、おふたりは結婚に賛成してくれている。

遥斗さんが綾斗さんの隣の席に腰を下ろす。私と北斗さんは並んで座り、前には綾斗さんがいて、彼の前には遥斗さんだ。

スパークリングワインで乾杯をした後、前菜が運ばれてくる。プレートに五種類のディップがあり、それをピタパンにつけて食べる。

北斗さんは遥斗さんと話をしている。

「紫穂ちゃん、クルーズは楽しかったかい？」

綾斗さんに話しかけられ、私は頷いた。

「はい。それはもう。最高でした」

「インフィニティドリーム号は最高の設備が揃《そろ》っているからね」

「あの船で長期間各国を回ったら、現実に戻るのが大変そうです」

「たしかに。約三カ月の休暇は引退後じゃないと考えられないよ」

「兄貴は少し休暇を取ったほうがいい。そうだな……二週間くらいでも」

遥斗さんと話をしていた北斗さんが、私たちの会話に口を挟む。

今回綾斗さんがイスタンブールへ来たのは、仕事であって休暇ではない。

「そうそう。仕事ばかりしていると、人生つまらないものになる」

そう言うのは遥斗さんだ。

遥斗さんは仕事ではなく、私たちに会いに来てくれたけれど、明日の夜にはニューヨークへ戻る。

時間を惜しむように、四人で昔話に花を咲かせる。

いくつかのお料理の後、メインディッシュのイスケンデル・ケバブがテーブルに置かれた。

薄切りのラム肉がトマトソースとヨーグルトで覆《おお》われ、ピラフと一緒にスタッフが取り分ける。

「それで、ふたりはいつ結婚式を？」

遥斗さんに尋ねられ、まだその話は出ていなかったので北斗さんへ顔を向ける。

「年内には挙げたい」

私は結婚式をしなくてもかまわないけれど、天王寺家となればそうもいかない。

招待客も多く、著名人ばかりになるはず。だけど、私が呼びたい人は片手でも足りる。

「お祖父《じい》様が大喜びだな」

遥斗さんがそう言って、スパークリングワインのフルートグラスを手にして口へ運ぶ。

少し含みがあるように聞こえるのは気のせいなのだろうか。

「念願が叶《かな》うんだから、ますます元気になるんじゃないかな」

綾斗さんが言う。

念願が叶う……？

お義祖父《じい》様が三兄弟が結婚するのを期待するのは、当たり前のことだと思うけど。

食事が終わり、そのまま私たちのスイートルームで飲むことになった。

兄弟で積もり積もった話もあるだろうから、私は一階のショップでお土産を探すことにする。

「北斗さん、下のショップを見てきていいですか？」

「かまわないが、ひとりでいいのか？」

「もちろんです。三人でゆっくりしていてください」

私はレストランの外で三人と別れる。

彼らは最上階のスイートルームへ向かい、私は一階へ下りる。

エレベーターからロビーへ行く間にお土産物が売っているショップがあって、昨日から気になっていた。

店内へ歩を進めて、さっそくお土産を見ていく。

素敵なマグカップとお皿が目に留まる。こっちの陶器は青、緑、赤などを用いた細かい模様で精巧に作られている。

飾ってもきれいだし、これを使って飲んだらこの幸せな旅を思い出すはず。

マグカップ二個とお皿を二枚レジに持っていったところで、バッグにお財布が入っていないことに気づく。

さっきバッグを変えたから、お財布を入れ忘れたんだわ。

レジの女性に部屋からお財布を取ってくると告げ、店を出てエレベーターに乗った。

最上階のスイートルームへ歩を進め、カードキーを使って室内へ入る。

「今回は北斗の圧勝だな。しかし、留学から帰国してすぐに紫穂ちゃんを興信所に監視させていたとはな」

え……？

ぴたりと足が止まる。

「綾斗兄さん、北斗兄さんはずっと紫穂ちゃんを監視していたわけじゃない」

遥斗さんが北斗さんを擁護しているが、私にとって驚くべきことで困惑と悲しみが胸に押し寄せてきた。

北斗さんの声は聞こえない。

綾斗さんの言うとおり、私はずっと……北斗さんに監視をされていたの？

留学から帰国後……十年間？

ふと、島本《しまもと》に襲われた時、北斗さんは『お前の身元は割れている』と言っていたことを思い出す。

あの男に付きまとわれていたことも知っていた……？

震える足で一歩、二歩と歩を進める。

私に気づいたのは北斗さんで、微笑みを浮かべる。

「紫穂、買い物は済んだのか？　ここに座って」

私が話を聞いていたとは思ってもいないのだろう。いつもの北斗さんだ。

だけど、私は尋ねずにはいられなかった。

「……北斗さん、今の話……本当なんですか？　北斗さんの圧勝って？　一体なんの話ですか？」

「聞いていたのか!?」

北斗さんが椅子を乱暴に立ってこちらに来ようとする。

「来ないで！　私をずっと監視していたなんて！」

気まずそうな彼の顔を見ていられなくて、首を左右に振りながら後ずさり、部屋を飛び出した。

「紫穂！」

「紫穂ちゃん！」

三人が私を呼ぶ声がするが、今の話がショックで立ち止まれない。

逃げるようにして、エレベーターに乗って一階へ下りる。庭園を突っ切り海が見渡せる場所で足を止めた。

どういうことなの？　北斗さんが留学から帰国してから私を調べていたって……？

興信所に見張らせていたの？　どうして？

「——穂ちゃん、紫穂ちゃん！」

考えに耽《ふけ》っていたところへ私の名前が呼ばれる。

北斗さんかと思ったけれど、彼は「紫穂ちゃん」と呼ばない。振り返ると、遥斗さんがホッとした表情で立っていて、数歩距離を詰めてくる。

「紫穂ちゃん、落ち着いて聞いてくれないか。北斗兄さんは君を監視をしていたわけじゃない」

「でも興信所の人に見張られていたのは本当なんですよね？　私の知らないうちに……。プライバシーも何もないじゃないですか」

「北斗兄さんは君が心配だったんだ」

遥斗さんの言葉を否定するように、私は首を左右に振る。

「それなら、留学から戻った時に会いに来てくれればよかったのに」

「天王寺商船に入って、専務取締役になったせいで仕事が忙しかったんだ。実績を残さなければ、名ばかりの取締役だと社員たちは納得しないからね。多忙な中、紫穂ちゃんを見守りたかったんだよ」

「……」

「ベンチに座ろう」

遥斗さんに促され、ふたりでベンチに腰を下ろす。

「君は高校の成績がトップでいながら就職することを選んでいただろう？　だが、君は支援を受けて大学へ進学した」

「どうしてそれを……？　ああ……興信所が調べたんですね」

「君を支援したのは北斗兄さんだよ」

「え!?　北斗さんが……？」

困惑した瞳を遥斗さんに向ける。

「北斗兄さんは陰でずっと紫穂ちゃんを応援していたんだ」

「そんな……」

私立大学の費用をすべて北斗さんが負担をしてくれていたなんて……。

「母親のせいで天王寺家に負い目がある君は、北斗兄さんが大学費用を出すと言っても突っぱねるだろうと考え、それなら架空の支援機関を用意して、進学させようとしたんだ」

「架空？　ネットで調べたら実績のある団体だったのに……」

「本物に見せるくらいわけないよ。つまり北斗兄さんは、君が大変な時にいつでも助けられるよう興信所へ依頼していたんだ」

「……私のため……北斗さんに迷惑をかけていたんですね……」

監視ではなく、常に手を差し伸べられるようにしておきたかったのだ……。

目頭が熱くなって瞬きをした瞬間、涙が頬に伝う。

「三方に別れて君を捜しに出て俺が先に君を見つけたけれど、当事者がやって来た。交代する。ちゃんと話をするんだよ」

遥斗さんがすっくとベンチから立ち上がってその場から去ると、入れ替わりに北斗さんが私の目の前に立った。

北斗さんの目は暗く沈み、口元には苦々しい笑みが浮かんでいた。

「紫穂、黙っていてすまなかった」

「北斗さん……」

涙を手の甲で拭って立ち上がる。

「部屋でちゃんと話したい。いいか？」

コクッと頷く私の手を、北斗さんが握って歩き出した。


スイートルームに入り、北斗さんは私をソファに座らせると、冷蔵庫から炭酸水をグラスに注いで戻ってくる。

私の目の前のテーブルにグラスを置く。

「飲んで。暑いところにいたから喉が渇いただろう」

北斗さんは私の隣に座る。

言われたとおりグラスを口に運び、炭酸水をひと口飲む。

「どこから離せばいいか……」

彼の表情には、自分を責める気持ちがはっきり表れていた。それから当惑した表情を浮かべて口を開く。

「俺は紫穂を守りたかった。それが君を傷つけることになるとは……いや、知られれば今のような反応をされるのは目に見えていた。だから言えなかったんだ」

北斗さんは自嘲するように笑い、床に視線を落とした。

その笑みは自分自身を罰するようで、後悔に苛《さいな》まれる北斗さんの心の中が透けて見える気がした。

私のためにしてくれたのに、結果彼を傷つけることになってしまった。

北斗さんの心の痛みがひしひしと伝わってくる。

私は深呼吸をして、心の混乱を少しずつ整理し始めた。

「……北斗さん、過剰に反応してしまってごめんなさい。十年間も私を見守ってくれてありがとうございました。さっき遥斗さんから大学の費用を出したのは北斗さんだと聞きました。大学へは行きたかったけれど、諦めていたところへ担任から話があって……ああ、大学へ行けるのだと内心飛び跳ねたいほど嬉しかったんです」

「それを聞けてよかった……」

「考えてみれば、私が怒る要素なんてどこにもなくて。だって、北斗さんは私のためにしてくれたことなのだから。あなたが私のために支払った代償は大きなもので、私が一生働いても返せない」

北斗さんが私をずっと見守り、それが愛に変わって、私も彼を大好きになって、愛し合ったことを後悔しているわけじゃない。

彼がいたから、今の私がいる。

「そんなことを考える必要はない。俺が勝手にしたことだ」

「でも、大学へ行かせてもらったのに、仕事は長続きしなくて……」

前にも話したが、学費を援助してくれた機関に申し訳ないと思っていた。

「それはあの男のせいだ。興信所は報告を怠っていて、あの男のことが発覚した時には君は退職していたんだ。あとで別の興信所に調査させた時には、君はホスト狂いだと社員たちに思われて退職をしたと知った」

あの時のつらい気持ちが思い出されて、思わず顔が歪《ゆが》む。

「退職した後、北斗さんは連絡をくれましたね。でも私は、母が迷惑をかけた天王寺家の人たちに会わせる顔がなくて、無理やり冷たい態度をとったんです。本当は北斗さんが懐かしくて、ちゃんと話をしたかった」

「あの時、紫穂の気掛かりはレオだけだったから、正直へこんだ」

私にはさらに素敵になった北斗さんが眩《まぶ》しかった。

ふっと笑みを浮かべ、北斗さんの手に手を重ねる。

「今の私がいるのは北斗さんのおかげです。混乱してしまってごめんなさい。愛しています」

「紫穂、ありがとう。愛している」

「お礼を言うのは私のほうです」

北斗さんのほうに引き寄せられ、唇が重なる。何度か角度を変えて貪るような思いのたけをぶつけるようなキスだった。

「そういえば……綾斗さんが言っていた北斗さんの圧勝って……？」

「そうだったな。紫穂、祖父の話がなくても、俺は君を自分のものにするつもりだった。兄貴やハルに勝ちたくて結婚を決めたのではないとわかってほしい」

「つまり……賭けをしていた……？」

「ああ。事の発端は五月に祖父から俺たち三人が呼ばれ、二年以内に結婚するように言われたんだ。そうしなければ相続人から外すと。しかし、俺たち三人は成功している。天王寺家の財産がなくても裕福に暮らしていける」

そんな話があったなんて……。

「兄貴もハルも、もちろん俺も困惑したよ。まあ、俺の頭には紫穂しかいなかったが。とりあえずふたりの嫁探しにやる気を起こすために、俺たちは二十歳に父からもらった高級腕時計を賞品に賭けをしたんだ」

「驚きました……」

北斗さんはふっと微笑む。

「最初から紫穂を妻にすると決めていた俺が、結果ぶっちぎりの圧勝だったわけだ。まだ兄貴もハルも結婚相手はいないようだ」

「おふたりならモテて選り取り見取りなのに」

「恋人がいなかったわけじゃないが、心から愛せる女性にはまだ巡り合っていないようだ。その点、俺はラッキーだった。紫穂しか見えていなかったからな。まあ、要はタイミングだ」

「それを聞いてホッとしました」

北斗さんがずっと私しか見ていなかった。私はなんて幸運なのだろう。

彼のおかげで、母が生きていた頃でも寂しく心細かった生活から、一転して色々な経験をし、毎日が楽しくなり幸せに包まれていた。

ふと、買おうとしていたカップとお皿のことを思い出す。

「あ！　お土産をそのままにしたまま！」

「どこに？」

「レジに。お財布を忘れていて取りに戻ったところで……」

北斗さんは楽しそうに笑い、私の後頭部に手を置くとおでこにキスを落とす。

「一緒に買いに行こう」

「はいっ」

ソファから立ち上がると、北斗さんが「でも」と言い淀む。

「どうしたんですか？」

「紫穂が欲しい」

熱を帯びた瞳を向けられるが、慌てて首を左右に振る。

「そ、それは戻ってからで」

そう言うと、北斗さんはおかしそうに笑う。

「仕方ない。早く行こう」

彼は私の手を恋人繋《つな》ぎにして、ドアへ向かった。

八、二度と手放さない（Side北斗）

「今回は北斗《ほくと》の圧勝だな。しかし、留学から帰国してすぐに紫穂《しほ》ちゃんを興信所に監視させていたとはな」

「綾斗《あやと》兄さん、北斗兄さんはずっと紫穂ちゃんを監視していたわけじゃない」

ふいに足音に気づき振り返ると、どこか呆然《ぼうぜん》とした表情の紫穂が立っていた。

「紫穂、買い物は済んだのか？　ここに座って」

買い物をすると言ったのに、彼女は小さなバッグしか持っていない。

「……北斗さん……今の話……本当なんですか？　北斗さんの圧勝って？　一体なんの話ですか？」

その瞬間、先ほどの兄弟との話を聞かれていたことを知る。

「聞いていたのか!?」

紫穂の顔色が蒼白になっている。

俺は椅子《いす》を乱暴に立ち、紫穂の元へ向かおうとした。

「来ないで！　私をずっと監視していたなんて！」

彼女は首を左右に振りながら後ずさりをして、部屋を飛び出した。

「紫穂！」

「紫穂ちゃん！」

俺とハルが叫《さけ》び、兄貴も椅子から立ち上がり口を開く。

「すまない。まさか聞かれるとは……」

「いや、仕方ない。いつかは話さなくてはと思っていたところだから」

「とにかく捜しに行こう」

俺たち三人は部屋を出て、紫穂を追った。

俺と兄貴はホテル近辺、ハルはホテルの庭へと手分けして向かう。

紫穂を見つけたのはハルで、俺の弁解をしてくれていたようだ。

ハルは紫穂に話しかける前に俺に電話を掛け、見つかった場所を教えてくれた。

先に話をしてくれていたおかげで、彼女の怒りは感じられず、スイートルームで話そうと言って、連れ帰った。

そして、紫穂に今までのことを話した。

彼女は今の自分があるのは俺のおかげだと言ってくれ、わだかまりは払拭《ふっしょく》された。

二日後、俺たちはイスタンブール空港から羽田《はねだ》空港へ飛び帰国した。紫穂を木場《きば》のマンションへ送り届け、自宅へ戻った。

本当は一緒に俺のマンションへ帰りたかったが、紫穂は荷物の整理もあるし、マンションを売却する手続きなどもあるからと、送って行ったのだ。

俺も明日は出社をし、溜まった仕事をこなさなければならない。旅先でも仕事はしていたが、それは緊急を要するものばかりで、溜まった仕事を処理するのは数日かかるだろう。

紫穂不足になりそうだ。

翌日の火曜日、いつもの時間に出社すると、エレベーターを降りたところで桜子《さくらこ》が笑顔で出迎える。

「社長、おかえりなさいませ。本日のスケジュールは――」

「ただいま。留守中ありがとう。スケジュールは執務室で確認する」

執務室に入り、プレジデントデスクへ歩を進めジャケットを脱ぐと、桜子がそれを引き取る。

椅子に座り、パソコンの電源を入れた。

パソコンが立ち上がるのを待つ間、桜子は今日のスケジュールの確認をして自分の執務デスクに戻る。

今日は十四時からの会議があるだけで、執務室で溜まった仕事ができる。

さっそくデスクの端に置かれているファイルを手にして処理をしていく。

集中していると、デスクの端にコーヒーが置かれた。

「ありがとう」

「ご昼食はいかがいたしましょうか」

桜子に尋ねられ、考える間もなく「サンドイッチを頼む」と即答する。

ワンハンドで食べながら仕事ができるのがいい。

気づけばもうすぐ十二時になろうとしていた。

「かしこまりました」

彼女は頭を下げると、いったん自分のデスクに戻りすぐに執務室を出て行った。

溜まった仕事も残り三分の二になり、ひと息つくためにデスクから離れて窓辺に立っ。

すでに時計の針は二十二時を指しており、外の世界は静かな夜に包まれ、海を行き交う船の灯りが点々と浮かんでいる。

その景色を見ていると、客船のデッキで海を眺《なが》めていた紫穂が思い浮かんだ。彼女との楽しい思い出や共に過ごした特別な瞬間が次々と思い出された。

紫穂の笑顔、優しい声、彼女が寄り添ってくれた暖かさ。

彼女がそばにいないと、自分の一部が欠けたかのように感じる。

紫穂が恋しくなって、窓辺を離れデスクの上に置いていたスマートフォンを手にし、電話を掛ける。

《北斗さん、まだ会社ですか？　それとも自宅に？》

紫穂の声が柔らかく耳に入ってくる。

「会社だよ。今日はキャリーケースの荷物整理で忙しかった？」

《ふふっ、北斗さんに比べたら忙しいなんて言っていられないです。のんびり片付けていましたよ。まだ帰らないのですか？　今週は始まったばかりなので無理はしないでくださいね》

「週末に紫穂と会うために無理をしてでも頑張るよ」

《そんな……体を第一に考えてください》
「病気になったら看病しに来てくれるだろう？」
《もちろんです。でも元気な北斗さんのほうがいいので、病気にならないで》
「わかった。じゃあ、切るよ。おやすみ」
《おやすみなさい》
通話をタップして、デスクの上にスマートフォンを置いた。

今週は会議や会食以外デスクワークにかかりっきりだったが、金曜日になり案件は残り二件になった。

「社長、本日は予定があってこれで失礼いたします」

桜子がプレジデントデスクの前に立ち、退勤の挨拶《あいさつ》をする。

「わかった。おつかれ」

今日の桜子は一段と華やかなツーピースを着ていた。もしかするとデートなのかもしれない。

彼女には仕事ばかりではなく、好きな男を見つけて幸せになってほしい。

桜子に対して少しは罪悪感がある。彼女がずっと俺を好きだったのはわかっていたからだ。しかし俺は一線を引いていたし、想いを告げられてもしっかり断っていた。桜子はにっこり笑みを浮かべて頭を下げ、自分のデスクへ行くとバッグを持って出て行った。


明日は紫穂に会える。

結婚式の話を進めようか……。

そんなことを自宅に向かう車の中で考えていた。

車内の時計は二十三時になろうとしている。

夜も更けた街は静まり返っていた。

紫穂の声が聞きたいが、明日会えるのだから今日はやめておこう。

混雑もなく車はスムーズに走り、街路樹が連なる道を進む。道路沿いにはいくつかのカフェやレストランがまだ灯りをともしており、遅い時間にもかかわらずまばらに人の姿が見えた。

車は低層階マンションの地下駐車場のスロープを下りていき、駐車スペースに止めるとエンジンを切った。

エレベーターに乗り込むと、三階のパネルに軽く触れ、箱が緩やかに上昇する。

玄関に入った瞬間、自動でライトがつきその場がパッと明るくなる。

カッパドキアで買ったペルシャ絨毯《じゅうたん》の到着はまだだが、この白い大理石のスペースにトルコブルーの美しい絨毯が敷かれるのを想像すると口元が緩む。

リビングに歩を進めバーカウンターへ近づき、バーボンのボトルを開けてグラスに注ぐ。そのグラスを持って、ソファに腰を下ろした。

ほうっと一息ついてバーボンを半分ほど呷《あお》る。するとポケットのスマートフォンが振動して取り出してみると紫穂からだ。

こんな時間にかけてくるのは初めてだ。

何かあったのだろうかと、通話をタップする。

「紫穂、どうした？」

《北斗さん……遅くに……ごめんなさい》

「時間は気にしなくていい。何かあったのか？　声がおかしい」

紫穂の困惑したような声が聞こえ、胸がざわざわする。

「どうしたんだ？　どんなことでも話して」

《……私、北斗さんとは……結婚できません。エンゲージリングは送り返します》

「ちょっと待て！　なぜいきなり？　俺が興信所に頼んでいたことを許せないのか？」

ちゃんと会って話を聞かなければ。

ソファから立ち上がり、愛車の鍵を持ったところでバーボンを半分ほど飲んでいたことに気づく。

《そ、それもあります。やっぱり私は天王寺《てんのうじ》家の一員になってはいけないんです。ごめんなさい》

「これから行く。話をしよう」

《今、家にいません。しばらく戻らないので来ても無駄です》

家にいない……？

突然別れを切り出され、いても立ってもいられないが紫穂を見つける術《すべ》がない。

どうにかして話を聞きださなければ。

「紫穂、俺を愛しているんじゃなかったのか？」

《そう思ったけれど……やっぱり私は母の血を引いているみたいです》

「どういうことだ？」

《……ひとりの男性で満足できない。綾斗さんも素敵だし、遥斗さんも優しくて、おふたりに惹《ひ》かれたんです。こんな浮気性の女を妻にするなんて後悔します。ずっと私を見守ってくれていた北斗さんだから結婚前に話すんです。あなたを不幸にしたくないから》

紫穂の声は振り絞ったようなか細いものだが、内容は二の句が継げないほど衝撃だった。

《北斗さん、……さようなら……》

通話がプツンと切れ、俺はスマートフォンを持ったまま茫然《ぼうぜん》とする。

「兄貴やハルに……惹かれた?」

まさか……。

紫穂の家に行こうにも、いないのであれば無駄になる。

そこへ手にしたスマートフォンが振動した。

紫穂!

着信画面を見ると桜子だ。こんな時間にかけてくるのは緊急なのだろうと、平静でいるのが難しい状況だが電話に出る。

「どうした?」

《遅い時間に申し訳ありません。たった今、貨物船が南シナ海でエンジンの故障によ

り動力を失い漂流状態にあると連絡が》

「なんだって！　すぐに現地へ向かう。フライトを調べてくれ。深夜の便があるはずだ」

《わかりました》

通話が切れると、クローゼットへ向かい必要なものをキャリーケースに詰める。

思わぬ緊急事態に、紫穂のことを後回しにしなくてはならなくなった。

平常心ではいられないが、まずはこの危機を無事に処理することが最優先だ。

貨物船が航行していたのはフィリピン寄りで、ありがたいことに一時四十五分発のマニラ行きのフライトがあり、羽田空港へタクシーで向かった。

離陸の四十分前、出発ロビーのチェックインカウンターへ向かっていた足が止まる。

桜子が待っていたのだ。退社時の華やかな服装とは異なる紺のシンプルなパンツスーツを着ている。

「社長、ご一緒します」

「わかった」

チェックイン後、手荷物検査場を通り搭乗ゲートへ急いだ。

深夜、いつも賑《にぎ》わっている搭乗ゲートまでの道のりはしんと静まり返っていた。

機内では、貨物船から送られてきたトラブルの詳細な報告書を読み込み、現地での対応を考えながら、疲れた体と脳を休めることなく対策を練っていた。

四時間四十分後、マニラ空港に到着する。

「お休みになれましたか?」

「三十分ほど眠った。桜子、昨晩はデートだったんじゃないか?」

「デートじゃないわ。旧友と食事をしていたんです」

「そうか、いずれにしても疲れたんじゃないか? 同行しなくてもよかったんだ」

「いいえ。私は社長の秘書ですから、業務に支障がないように勤めなくてはなりません。もう少しでタクシー乗り場ですね」

桜子は穏やかな笑みを浮かべ、キャリーケースを引きながら見えてきたタクシー乗り場へ足を進める。

着陸時、外は真っ暗だったが、空港の外に出る頃には少しずつ明るくなっていた。

さらに詳しい情報を収集させているマニラ支店へタクシーで向かう。

本社から出向している五十代の支社長と、彼より少し若い幹部ふたりが俺たちを出迎え、現在漂流している区域へタグボートがこれから向かうと報告される。

「とりあえずタグボートが貨物船を見つければ少しは安心できる」

午前中は貨物船の対応に追われ、タグボートがけん引してマニラ港に到着するのは三日かかると報告があった。

俺と桜子はマニラ支店を後にし、近くのホテルへ行きチェックインした。

いつものようにスイートルームの点検を始める桜子。大叔母が俺たちの結婚を勧めた時にきっぱり断って以来、桜子は秘書として徹しており愁眉《しゅうび》を開いている。

「桜子、ありがとう。今日はもういい。土曜日だし、明日はゆっくり休んでくれ。月曜日の朝からここで仕事をしてくれないか」

「……お食事のご用意は、しなくてよろしいのでしょうか？」

「ルームサービスを頼むから問題ない。気が向いたら外で食べる」

「わかりました。では月曜の朝に」

スイートルームを出ようとする桜子を呼び止める。

「桜子、君がいくら海外を経験していても、外出時は気をつけるように」

彼女が頬を緩ませる。

「はい。気をつけます。では失礼します」

桜子は優美に頭を下げて出て行った。

ひとりになると、ポケットからスマートフォンを出して紫穂に電話を掛ける。だが、電源が切られており、無機質な機械音声が流れるだけだ。

紫穂……どこにいるんだ……？

帰国前から俺と別れることを決めていたのだろうか？　いや、そんな素振りは一度も見せなかった。一体、どうしてこうなったんだ？


火曜日の十二時過ぎ、タグボートにけん引された貨物船がマニラ港に到着した。

エンジニアたちは故障個所を全力で直し始める。

フィリピン人のエンジニアに混ざり、日本から呼びよせたふたりのエンジニアがいる。優秀なエンジニアたちは故障個所の原因を突き止めて夕方には直り、再び航行が開始できる状態になると説明を受けた。

マニラ支店長と幹部たちも安堵《あんど》し、今回尽力してくれたお礼に夕食に招待した。

俺と桜子は明日帰国する。


その夜、滞在ホテルの日本料理店にて、単身で赴任している三人に和食を食べてもらった。

日本人のエンジニアたちは、こちらの料理を食べたいと加わらなかった。

彼らは恐縮しながらも、新鮮な魚介類のお造りや特選和牛のすき焼き、その他の料理を肴《さかな》に日本酒や焼酎を飲んだ。

桜子は酒が切れないように気を配っている。

「天王寺社長と宇田川《うだがわ》さんは、まるで夫婦のように息がピッタリですな」

日本酒を飲んで顔を赤くした支店長に言われた桜子は「そんな、私とだなんて。社長には婚約者がいらっしゃるんですよ」と笑みを浮かべる。

「そうなんですか。てっきりおふたりは恋人同士なのかと思いました」

「支店長、失礼ですよ」

幹部のひとりが、支店長をたしなめる。

「あー、申し訳ございません。おいしいお酒なのでつい」

「いえ、どんどん飲んでください。桜子、料理も何か追加してくれ」

「かしこまりました」

桜子は席を立ち、板前に相談しに行く。

「社長、どうぞ」

幹部の男性が、俺のガラスのおちょこに冷酒を注ぎ入れる。

普段より飲んでいたのはわかっていた。

酒に強い俺が、酔いが回っていると感じている。


一時間半後、お開きになり日本料理店の前で彼らと別れ、エレベーターに乗り込む。

「大丈夫ですか？」

エレベーターの壁に腕をついている俺に桜子が声をかけ、反対側の腕を支えられる。

そこで桜子がいたことに気づく。

「大丈夫だ、自分の部屋に戻ってかまわない」

「いいえ。お部屋まで付き添います」

最上階でエレベーターが止まり降りるが足に力が入らない感覚で、こんな風になるのは初めてだ。

頭では今の状況を理解できている。

だが、ひとりでは足が進んでいかない。

「……すまない」

桜子に支えられながらスイートルームに入り、そのままよろよろとベッドに進む。

白いシーツの上にドサッと体を横たえ、腕を額の辺りに置いて「しっかりしろ」と、自分に言い聞かせる。

なぜこんなに気分が悪く、体が動かない？

「お水をお持ちしますね」

桜子がその場から離れ、水を待つ。

喉が渇ききったようで不快だ。

そう考えながらも意識が薄れていく。

ふいにベッドが沈み、瞼《まぶた》を開けようとした時、唇が生暖かいものに塞《ふさ》がれた。

はねのけようとするが、舌がねっとりと口腔内に入り込む。

力の入らない腕をやっとのことで桜子の腕に置いて引き離し、目を開ける。

驚くことに桜子は裸体だった。

張り詰めた胸、締まったウエスト、美しい体なのは間違いない。

「あなたには私がふさわしいの。私が天王寺家の跡取りを産んで差し上げるわ」

「ふざけ……るな。服を、着ろ」

「ふふっ、今のあなたは体が自由にならないでしょう？　私が高みに持っていってあげる」

再び唇が重なりそうなところへ、腕で突っぱねる。

「お前を愛して、いないと……言っただろう?」

「愛なんてもういいの。北斗さんが欲しいの。あの女はもうあなたの前から消えたんだから、私しかいないわ」

何を言っているんだ……?

「なぜ、紫穂のこと……を?」

桜子の指がスラックスのベルトを外そうとしている。

「くそっ、やめろ!」

力を振り絞り、桜子を跳ねのけると上体を起こした。

「紫穂に、何をした? お前が何かしたんだな?」

「ふふっ、脅《おど》しただけよ。あなたに迷惑がかかるって言ったら、すぐに言うことを聞いたわ。そしたら、ちょうどタイミングよく貨物船のエンジントラブルが起こったの。運命は私の味方だと思ったわ」

「脅した、だと?」

桜子への怒りが膨れ上がると同時に、紫穂の悲しそうな顔が思い浮かぶ。桜子の策略どおりにはさせない。

ふらつく頭を左右に振って、余裕の表情の彼女を睨《にら》みつける。

「さっき支店長も言っていたでしょう？　北斗さんには私がお似合いなの。ほら、無理しないで。私と快楽を求め合いましょうよ」

ベッドに膝をつき、体を近づけようとする桜子の手が俺の手を掴《つか》み、豊満な胸に触れさせようとする。

「くそっ！」

思いっきり突き飛ばし、桜子の体がベッドに倒れたところで、俺はふらふらと床に足を着けた。

「桜子、お前は首だ。着替えたら出て行け。これ以上俺を怒らせれば、全力で宇田川家を潰す。わかったな」

壁を伝ってバーカウンターへ行き、ミネラルウォーターのペットボトルをなんとか開けて一気に飲み干し、もう一本開けて頭から浴びる。

もう一本頭にかけると少しマシになった。

まさか桜子が紫穂に脅しをかけたとは……。

「早く出て行け！」

怒鳴るようにベッドルームに残した桜子に言い放ち、スマートフォンで興信所の所長に電話を掛ける。

電話に出た所長に紫穂を捜すよう伝え、通話を切った時、服を着た桜子が現れた。

「明日、辞表を出すんだ。荷物の整理をして二度と顔を見せないでくれ。有給を消化後、退職手続きをしておく」

「北斗さん、ごめんなさい。あなたがいけないのよ。私は愛しているのに」

「まだ言っているのか？　恋愛感情が持てないと何度も話している。酒に睡眠薬でも入れたんだろう？　紫穂を脅したことで、お前をもう許せない。まだごねるようなら宇田川家が路頭に迷うことになる」

「……わかったわ。お願いだから家には何もしないで」

「最後に、紫穂になんと言って脅したんだ？」

桜子は俺から視線を外し、少しして口を開く。

「社長室の金庫にある興信所の書類を見たの。彼女が受付をしている時、ホスト狂いだと噂《うわさ》をされたのを使ったわ。このままあなたと結婚するのなら、天王寺家の嫁はホストに狂ってだらしない生活をしていたと週刊誌にリークすると言ってね」

「なんてことを！」

紫穂はそれで俺から離れたのか……。

「とんだ悪女だな。出て行け」

ふつふつと怒りがこみ上げ、拳《こぶし》を壁にぶつける。

その音に桜子はビクッと肩を揺らし、部屋から出て行った。


予定では十四時五十分発のフライトに乗るはずだったがキャンセルし、八時五十分の飛行機に搭乗した。

羽田空港に到着は十三時五十五分。

一刻も早く紫穂に会って、もう大丈夫だと安心させたい。

状況を知ってから紫穂に電話を何度もかけているが、電源が入っていない。

ファーストクラスの座席に落ち着くと、ノートパソコンを出して秘書室長へメールを打つ。宇田川秘書が一身上の都合により退社するため、代わりの社長秘書が必要になったという内容だ。

秘書室長から【すぐに手配します】とメールが送られてきた。

定刻より五分早く羽田空港に到着し、いったん自宅へ戻る。

そこへ興信所の所長から、先ほど自宅に紫穂が戻って来たと連絡が入った。

すぐに車を飛ばして紫穂のマンションへ向かった。

三十分後、紫穂のマンションに到着し車を止めると、待ち構えていた所長が近づいて来た。

しかし、所長は困惑気味だ。

「おつかれさまです。ありがとうございます。紫穂はまだ中にいるんですよね?」

「はい。実は十分ほど前にスーツを着た男性が現れたんです。何か嫌な予感がして、男性のあとをついてエントランスの呼び出しモニターを確認していたら、紫穂さんのご自宅で。三十代くらいなのですが」

「なんだって!」

「ひとりの男性では満足できない」と言った彼女の言葉が思い出される。

まさか!

「ありがとうございました。報酬は振り込んでおきます」

「はい。では、私はここで失礼いたします」

所長が去って行く。

そこへ買い物袋をぶら下げた主婦がエントランスに近づくのを見て、その後からマンション内へ入った。

主婦は一階の住人だったようでエレベーターに乗らず、俺は【開】のスイッチを押して紫穂の家へ向かう。

彼女の家のフロアに降りたその時、紫穂の家のドアが開きスーツを着た男性が部屋から出てきた。

「では、今月末の退去よろしくお願いします」

退去？

ドアに隠れ紫穂の姿は見えないが、男性は頭を下げてこちらに向かって歩き出す。

俺はすれ違いざまドアが閉まる前に手を置いた。

「北斗さんっ……！」

紫穂の目が大きく見開く。

するっと玄関の中に入りドアが閉まったところで鍵をかける。

「あの男は？」

「ふ、不動産会社の営業の……こ、恋人です」

嘘《うそ》がバレバレだ。

気まずそうな表情を浮かべた紫穂の腕を掴んで引き寄せた。

「恋人なわけないだろ」

彼女は浮気などできない。一瞬でも疑った俺は紫穂に申し訳ない思いだ。

「だ、だめですっ。離れてください。帰って！」

ギュッと抱きしめると、俺の心の中に安堵が広がっていく。

「桜子に脅されたのはわかっている」

「え……？」

紫穂が茫然《ぼうぜん》と俺を見つめる。

「俺に相談してくれればよかったんだ。一蹴《いっしゅう》できたものを」

「本当に……北斗さんや天王寺家に、迷惑をかけなくて済むんですか？」

恐る恐る尋ねる紫穂の鼻の頭にキスを落とす。

「ああ。万が一記事が出ても訂正させる。紫穂はそんなことを考えなくていいんだ。別れを切り出され、俺がどんなにつらかったかわかるか？」

「……ごめんなさい。桜子さんの言葉は説得力があって……私が迷惑をかけると思ったら怖くなったんです」

「もう大丈夫だ。これからは何があってもまず相談をしてほしい。俺が全力で守るから。前にも言ったが、二度と離さないから覚悟しておくんだぞ」

紫穂の潤んだ瞳から涙が溢《あふ》れてくる。

「北斗さんっ……」

愛しい女性が俺の胸に顔を伏せる。

「紫穂、泣き顔より笑顔を見せてくれ」

そう言うと、そっと彼女は顔を上げて涙を指先で拭《ぬぐ》い、にっこり笑った。

エピローグ

等身大の鏡の前に立ち、緊張した面持ちの自分を見つめる。

純白のプリンセスラインのウエディングドレスを身にまとった私は、これから教会で結婚式を挙げるのを待っていた。

二カ月前。大手自動車会社に勤めていた頃、ホストに狂って退職したと週刊誌にリークされたくなければ北斗《ほくと》さんの元を去るように脅《おど》されて、胸が引き裂かれるほどの痛みを覚えた。

私は北斗さんの人生に汚点を残したくなかった。そして天王寺《てんのうじ》家にも迷惑をかけたくなくて、彼の元を去ることを決心した。

彼はマニラであったことを教えてくれた。

桜子《さくらこ》さんが裸で北斗さんに迫ったことを聞いた時は嫉妬した。けれど、「紫穂《しほ》以外欲しくない」と言われて愛されているのだと実感した。

十六年ぶりに会った桜子さんは美しくて、彼女のような人に好意を持たれたら男性は嬉しいのではないかと思う。

けれど、いつもそばにいた桜子さんは、北斗さんにとって妹のような存在だった。彼女はいつか自分に振り向いてもらえると思って、今まで彼のそばにいた……。

そう考えると、桜子さんに同情を覚える。

トントンとドアがノックされ返事をすると、お義父様《とう》とお義母様《かあ》が入室する。

「紫穂ちゃん、おめでとう。とてもきれいじゃないか。また君が娘になると思うと嬉しいよ」

モーニング姿のお義父様から隣にいる女性を妻だと紹介され、挨拶《あいさつ》をする。

少しふくよかで明るい雰囲気の素敵《すてき》な女性だ。

「本当に私が北斗のところまでエスコートしていいのかね？」

「はい。お願いします。私は本当のお父さんだと思っています」

お義母様は先に控え室を出て、私とお義父様のふたりになった。

「紫穂ちゃん、私を本当の父親だと思ってもらえて嬉しいよ。君の晴れ姿にお母さんも喜んでくれているに違いない。北斗と幸せになるんだよ」

お義父様の言葉がじわっと目頭を熱くさせる。

「……きっと……お母さんも喜んでいますね」

そこへスタッフがドアをノックし、「お時間です」と告げた。

教会の扉が静かに開かれ、厳かな音楽が流れ始める。

一斉に招待客の視線がこちらに向けられるのを感じた。お義父様の腕に掴《つか》まりながら、大きく深呼吸をする。

緊張で鼓動がドクンドクンと高鳴る中、ヴェールの向こうに、祭壇に立つ白いフロックコート姿の北斗さんの姿を捉えた。

「では、紫穂ちゃん。北斗の元へ行こうか」

「はい」

おじ様の腕を心強く感じながら、一歩一歩北斗さんに向かって歩みを進めていく。

幼い日、初めて彼に出会った時のことが蘇《よみがえ》る。

北斗さんは突然できた義妹に戸惑いながらも、優しく親切に接してくれた。

祭壇に到着すると、お義父様は私の手を北斗さんに託す。

「北斗、おめでとう。お似合いのふたりだ。紫穂ちゃんを幸せにするんだよ」

「はい。必ず」

父に強く約束し私に顔を向ける。

私たちはお互いに微笑《ほほえ》み合う。

これからもずっと、死がふたりを分かつ時まで人生を共に歩んでいくことを誓った。


教会で挙式を行い、ホテルで披露宴を終えたその夜、綾斗《あやと》さん、北斗さんと私は遥《はる》斗《と》さんが泊まっているスイートルームにいた。

「北斗、これを。約束の時計だ」

そう言った綾斗さんは、細長い箱をセンターテーブルの上に置く。遥斗さんも同じような箱をその隣に並べた。

「これは受け取れない」

「なんだって？」

綾斗さんが片方の眉を上げて困惑している。

「北斗兄さん、なぜ受け取らないんだ？」

「お祖父《じい》様からの命令が下された時、俺は紫穂を妻にすると決めていた。ふたりをその気にさせるため、この高価な時計を賭けの対象にしたんだ。俺が勝つのは目に見えていた。だからこれは受け取れない」

独身の孫たちに結婚をしてほしいと願っていたお義祖父様《じい》は、私たちの結婚をとても喜んでくれていた。

北斗さんの言葉に綾斗さんが呆《あき》れた声をあげる。

「策士だな。だが賭けは賭けだ。遠慮なくもらっておけばいい」

「そうだよ。最初がどうであれ、北斗兄さんが勝ったんだ」

ふたりはそう言うが、北斗さんは首を左右に振り不敵に笑って受け取らない。

「これは父さんの気持ちの入った時計だ。大事に使ってほしい。それよりも兄貴、前に言ったとおり二週間ほど休暇を取ったほうがいい。秘書の原田《はらだ》さんが、兄貴が休みを取らないと心配していた」

「休暇か……長く何もしないでいるのは想像ができないな」

綾斗さんは肩をすくめ、私へ顔を向ける。

「紫穂ちゃんだったら、どこへ行きたい？」

「紫穂の行きたいところは、明日からのハネムーンの場所だ」

私と北斗さんは、明日からハワイへ行くことになっている。

自然がたくさんある暖かい場所、ハワイへ一度行ってみたかったのだ。だけど、もう一カ所気になっていたところがある。

「綾斗さん、バリ島はいかがですか？　食事もおいしいみたいですし、ゆっくりできるのではないでしょうか」

遥斗さんが想像したようで「クッ」と喉の奥で笑う。

「バリは綾斗兄さんに似合わなそうだが、いいかもしれない。バリのホテルで毎日マッサージしてもらったら、すっきりしそうだ」

「紫穂、バリも行きたかったのか」

北斗さんに尋ねられる。

「はい。でも、ハワイのガイドブックを読むたびに惹《ひ》かれるので、楽しみです」

「わかった。今度はバリを旅行しよう」

「まったく、想い合うふたりに当てられっぱなしだ」

遥斗さんが肩をすくめて笑う。

「ハル、兄貴、お祖父様の期限は残り一年半しかない。頑張ってくれ」

「まあ神のみぞ知る。だな」

綾斗さんと遥斗さんが顔を見合わせて笑った。

END

あとがき

今作をお手に取ってくださり、ありがとうございました。

シリーズの第一弾、華麗なる天王寺家、次男のお話を書かせていただきました。

祖父の命令で三兄弟の恋物語が始まりました。

このあと、綾斗、遥斗のお話が続きます。それぞれタイプの違う三人を書くのですが、皆様にはどのヒーローが好みだったか、教えていただけると嬉しいです。

今回は義理の妹だったヒロイン、紫穂でした。長男、三男にどんな女性が現れるのか楽しみにしてくださいね。

美麗なカバーを手掛けてくださったのは炎かりよ先生。色々と考えてくださり、ありがとうございました。ふたりの美しいイラストは眼福ものです。

出版するにあたりまして、ご尽力くださいました編集部の皆様、この本に携わってくださいましたすべての皆様に感謝申し上げます。

若菜モモ

原・稿・大・募・集

マーマレード文庫では
大人の女性のための恋愛小説を募集しております。

優秀な作品は当社より文庫として刊行いたします。
また、将来性のある方には編集者が担当につき、個別に指導いたします。

募集作品

男女の恋愛が描かれたオリジナルロマンス小説(二次創作は不可)。
商業未発表であれば、同人誌・Web上で発表済みの作品でも
応募可能です。

応募資格

年齢性別プロアマ問いません。

応募要項

・パソコンもしくはワープロ機器を使用した原稿に限ります。
・原稿はA4判の用紙を横にして、縦書きで40字×32行で130枚～150枚。
・用紙の1枚目に以下の項目を記入してください。
①作品名(ふりがな)/②作家名(ふりがな)/③本名(ふりがな)
④年齢職業/⑤連絡先(郵便番号・住所・電話番号)/⑥メールアドレス/⑦略歴(他紙応募歴等)/⑧サイトURL(なければ省略)
・用紙の2枚目に800字程度のあらすじを付けてください。
・プリントアウトした作品原稿には必ず通し番号を入れ、
右上をクリップなどで綴じてください。
・商業誌経験のある方は見本誌をお送りいただけるとわかりやすいです。

注意事項

・お送りいただいた原稿は返却いたしません。あらかじめご了承ください。
・応募方法は必ず印刷されたものをお送りください。
CD-Rなどのデータのみの応募はお断りいたします。
・採用された方のみ担当者よりご連絡いたします。選考経過・審査結果についてのお問い合わせには応じられませんのでご了承ください。

m a r m a l a d e b u n k o

応募先

〒100-0004　東京都千代田区大手町1-5-1　大手町ファーストスクエア　イーストタワー19階
株式会社ハーパーコリンズ・ジャパン「マーマレード文庫作品募集」係

ご質問はこちらまで E-Mail / marmalade_label@harpercollins.co.jp

マーマレード文庫

もう二度と君を手放さない

～ハイスペ海運王の次男は元義妹に一途な愛を刻む～

2025年3月15日　第1刷発行　定価はカバーに表示してあります

著者　若菜モモ　©MOMO WAKANA 2025
発行人　鈴木幸辰
発行所　株式会社ハーパーコリンズ・ジャパン
東京都千代田区大手町1-5-1
電話　04-2951-2000（注文）
0570-008091（読者サービス係）
印刷・製本　中央精版印刷株式会社

ISBN-978-4-596-72680-3

m a r m a l a d e b u n k o